U0892178

國家社科基金重大項目“東亞楚辭文獻的發掘、整理與研究”（編號：13&ZD112）
2018年度教育部人文社會科學研究青年基金項目“楚辭文本與圖像關係研究”（編號：18YJC751017）

東亞楚辭整理與研究叢書　主 編/周建忠

# 屈辭洗髓

【清】徐焕龍 撰
何繼恒 點校

南京大學出版社

# 東亞楚辭文獻研究的歷史和前景
## ——國家社科基金重大項目開題報告

周建忠

文化是民族的血脈，是人民的精神家園。中國優秀的歷史文化在中國特色社會主義事業和實現民族復興的中國夢中，佔有十分重要的地位，具有很大作用。以屈原辭賦爲傑出代表的楚辭，是中華民族優秀傳統文化中一份極爲豐厚、極其珍貴的遺産，對中國社會發展和世界的文明進步，産生過巨大影響。屈原是中國的，亦是世界的，其偉大的人格曾在東亞歷史上影響過一大批學者和仁人志士，成爲人類崇高精神的符號。爲了深入推進楚辭研究，在更高的學術平臺對其全面探索，同時積極回應國家新時期的文化戰略，充分體現“走出去”與“請進來”的學術思想，提升國際學術交流品質和水準，增强中國學術的國際影響力，我們將受到楚辭文化影響較深的整個東亞作爲研究的新視閾，力求採用新的模式、新的方法，對日本、韓國、朝鮮、越南、蒙古等國的楚辭文獻進行全面發掘、整理和研究，通過構建新的文獻基礎，進一步挖掘與弘揚中國優秀傳統文化，推進楚辭研究全面發展。

### 一、 楚辭文獻研究的學術史梳理

楚辭在古代就流傳到朝鮮、日本和越南等國，在地緣文化相近的東亞國家甚爲歷代學人所珍視，因此東亞的楚辭文獻也極其豐富。

《楚辭》最遲在公元703年已經傳入日本，這在奈良時代正倉院文書《寫書雜用帳》中有明確記載。到9世紀末，藤原佐世奉詔編纂《日本國見在書目録》。這是日本現存最早的一部敕編漢籍目録，著録有關《楚辭》的著作共有六種，其中《楚辭集音》注明“新撰”，可見此時的日本學者在接受、傳播楚辭文本的同時，已經開始從事對楚辭的研究工作。據日本學者石川三佐男先生統計，江户時期與《楚辭》相關的漢籍“重刊本”及“和刻本”達七十多種。

近代以來，日本也出現了爲數頗多的譯注和論著。代表性的楚辭譯注有：橋本循《譯注楚辭》（東京岩波書店，1941），牧角悦子、福島吉彦《詩經・楚辭》（東京角川書店，1989），目加田誠《楚辭譯注》（東京龍溪書社，1983）等。相關論著有藤野岩友《巫系文學小考：楚辭を中心として》（1950）、赤塚忠《楚辭研究》（東京研文社，1986）。日本當代著名楚辭學者竹治貞夫不僅撰寫了《憂國詩人屈原》，編了《楚辭索引》，還出版了分量很重的論文集《楚辭研究》，集中闡述了他對楚辭的一系列精闢見解。

高麗王朝時期，騷體文學盛行一時。當時有很多文人模仿楚辭創作辭賦，圃隱鄭夢周《思美人辭》就是一首騷體詩歌。朝鮮王朝時期掀起了一股研讀楚辭的熱潮，當時著名詩人金時習曾模擬《離騷》寫了《擬離騷》《弔湘累》《汨羅淵》，以此來諷刺當朝的奸佞之臣。

韓國的代表性楚辭譯本有：宋貞姬《楚辭》（韓國自由教養推進會，1969）、高銀《楚辭》（民音社，1975）等。相關論著有柳晟俊《楚辭選注》（螢雪出版社，1989）、《楚辭與巫術》（신아사，2001）等。在論文方面，范善君博士論文《屈原研究》、宣釘奎博士論文《楚辭神話研究》、朴永焕《當代韓國楚辭學研究的狀況和展望》、朴承姬

《15 世紀朝鮮朝文人楚辭接受研究》影響較大。

據初步調查，越南和蒙古亦存有楚辭文獻，有待發掘與研究。

楚辭在東亞的廣泛傳播及興盛研究也引起了國内學者的高度重視。1949 年後，越來越多的國内學者開始研究楚辭在東亞的傳播和研究情況。如，聞宥《屈原作品在國外》(《光明日報》，1953 年 6 月 13 日)、馬茂元主編《楚辭資料海外編》(湖北人民出版社，1986)是對海外楚辭學術史綜合研究的著作。國内學者對日本楚辭學研究的主要成果有：崔富章論文《二十世紀以前的楚辭傳播》《大阪大學藏楚辭類稿本、稀見本經眼録》《西村時彦對楚辭學的貢獻》，王海遠論文《論日本古代的楚辭研究》《日本近代〈楚辭〉研究述評》等。在韓國楚辭學研究方面，徐毅《楚辭在東國的傳播與接受》、鄭日男《楚辭與朝鮮古代文學之關聯研究》、琴知雅《歷代朝鮮士人對楚辭的接受及漢文學的展開》等都是比較有影響的學術論著。

近年來，南通大學楚辭研究中心將研究重點轉向東亞楚辭文獻的挖掘、整理和研究。筆者先後赴日本、韓國訪問調研，搜集到數百種楚辭文獻，並形成論文《大阪大學藏“楚辭百種”考論》《屈原的人格魅力與中國的端午情結》。中心特聘研究員兼學術委員會副主任徐志嘯也數次赴日本考察，並於 2003 年主持國家社科基金項目“日本楚辭研究論綱”，出版著作《日本楚辭研究論綱》(學苑出版社，2004)，發表學術論文《中日文化交流背景及日本早期的楚辭研究》《竹治貞夫對楚辭學的貢獻》《赤塚忠的楚辭研究》《星川清孝的楚辭研究》《中日現代楚辭研究之比較》等。中心特聘研究員兼學術委員會副主任朴永焕現任韓國東國大學中文系教授，長期致力於韓國楚辭文獻的搜集整理和研究，取得的代表性成果有：專著《文化韓流與中國、日本》(韓國東國大學出版社，2008)、《宋代楚辭學研究》(北京大學 1996 年博士學位論文），論文《洪興祖的屈騷觀研究》《當代韓國楚辭學研究的現況和展望》《韓國端午的特徵與韓中端午申遺後的文化反思》等。中心成員徐毅博士曾任韓國高麗大學訪問學者，千金梅博士先後獲得韓國延世大學文學碩士學位和文學博士學位，賈捷博士由國家留學基金委公派至韓國延世大學攻讀博士學位，他們都曾長期在韓國從事東亞楚辭文獻的搜集和整理工作。中心成員陳亮博士在英國倫敦大學亞非學院攻讀聯合培養博士項目期間，調查了東亞楚辭文獻在歐美傳播的版本情況。

本課題組所調查的東亞楚辭文獻共包括以下五種情況：其一，中國出版，東亞其他國家收藏的楚辭學文獻；其二，中國出版，但在中國已失傳，僅存於東亞其他國家的楚辭學珍本；其三，東亞其他國家的刻本、抄本；其四，東亞其他國家出版的該國學者楚辭研究著作；其五，中國出版的東亞其他國家楚辭學著作。

據初步調查統計，日本現存的楚辭學文獻共有 313 種，其中中國版本 228 種（其中僅存於日本者 10 種）、日本和刻本 47 種、日本出版本國學者的研究著作 38 種，期刊論文 291 篇，學位論文 18 篇。韓國楚辭學文獻 406 種，其中中國版本 204 種、朝鮮版本 178 種（抄本 117 種、木刻版 23 種、木活字本 19 種、金屬活字本 19 種），韓國出版楚辭學著作 24 種，期刊論文 122 篇，學位論文 26 篇。越南楚辭學文獻 37 種。蒙古楚辭學文獻 12 種。

總之，楚辭流傳兩千餘年，文獻研究與之相始終。兩千多年的楚辭文獻研究在文本的輯録、校注、音義、論評、考證、圖繪、紹述等方面都取得了令人矚目的成就，新時期的多學科綜合研究也有了一定的學術積澱。這都爲我們在東亞文化圈内對楚辭文獻進行更深層次的挖掘、整理和研究搭建了一個很好的學術平臺，奠定了堅實的學術基礎。就東亞楚辭文獻研究而言，已有的相關研究存在以下不足：（1）以往的研究往往側重于楚辭文獻的某一個方面，呈現出零碎、分散、粗淺的狀態，缺乏全面性和系統性；（2）對東亞楚辭文獻發掘不够深入，對一些楚辭文獻的孤本、善本和同一著作的不同版本的發掘亦嫌不足；（3）除中國外，東亞楚辭文獻整理和研究欠缺，日本、韓國、朝鮮有所涉及，越南、蒙古等國文獻研究幾乎還是空白。由此可見，東亞楚辭文獻有著廣闊的再研究空間，如對東亞楚辭文獻進一步調查、搜集、挖掘、整理，並精選珍本重新點校，對重要批評資料的彙集和品評，對代表性楚辭著作進行統計、標引、著録、提要，對楚辭文獻按類别進行學術史梳理，構建東亞楚辭文獻語料庫和注釋知識庫，等等。因此，對整個東亞文化圈内的楚辭文獻進行系統全面的整理和研究有十分重要的學術史和文化史意義。

## 二、東亞楚辭文獻研究的意義

### （一）學術價值

第一，文本價值。本課題發掘、考釋中國散佚的、留存在東亞其他國家的楚辭版本，彙集日、韓、朝、越、蒙等東亞國家的楚辭注本及批評資料等，所收作品不僅有楚辭文本，還有作家的注釋、研究、品評、鑒賞、考證等，所采版本涉及中國刻本、和刻本、朝鮮本、越南本、翻刻本，以及稀見的抄本等。課題預期成果，較之已有的楚辭彙編類學術著作規模更爲宏大，搜羅更爲廣泛，研究更爲深入，具有集大成的價值。

第二，文化傳播學價值。搜集整理東傳楚辭文獻，可借以了解古代東亞文化的交通，探尋文化交流可能的策略，增進相互理解，推進文化互信和繁榮。如 1972 年中日恢復邦交，日本首相田中角榮訪華，毛澤東主席將《楚辭集注》作爲國禮贈送。本選題作爲一種全新的楚辭研究方法的嘗試，旨在整個漢文化圈大背景下對楚辭學進行重新審視與定位，以期客觀探索屈原及楚辭對世界文學的影響。同時，研究成果也爲今後將中華文化更有效地推廣到世界提供經驗借鑒。

第三，闡釋學價值。東亞楚辭文獻的詮釋傳統和話語模式不斷强化了楚辭的經典地位。以文獻來源爲架構梳理東亞歷代楚辭學文獻，揭示楚辭研究可能涵蓋的領域，可以幫助我們理解不同歷史階段知識、觀念狀況與經典的互動，理解文獻的構成、話語方式、體制特徵，進而準確地描述出經典生成的原理和發展脈絡。

（二）應用價值

第一，爲楚辭研究提供新材料、新思路、新方法，爲以後的深入研究提供更高的學術平臺。正如傅斯年所言，海外學者"做學問不是去讀書，是動手動脚到處尋找新材料，隨時擴大舊範圍，所以這學問才有四方的發展，向上的增高。……我們很想借幾個不陳的工具，處治些新獲見的材料"。

第二，對楚辭教學亦有重要意義。楚辭研究的視閾超越了一鄉一國而擴大到整個漢文化圈，其所得出的結論自然不同凡響，這將有利於釐正以往的偏頗結論，更好地還原楚辭在東亞文化圈中的作用與影響。同時，亦能更好地引導學生採用新鮮的學術方法與學術理念去觀照中國傳統文化。

第三，東亞楚辭資料庫的系統構建。一是基於全面的資料；二是充分利用現代信息技術的優勢，從而有利於楚辭研究的深入，並極大地促進作爲中華文化精華之一的楚辭的普及。

（三）社會意義

第一，珍視人類文明重要遺産並擴大中華傳統文化的世界影響力。屈原是中國的，亦是世界的，其偉大的人格曾在東亞歷史上影響過一大批學者和仁人志士，成爲人類崇高精神的符號。因而，對於載録其精神的文本文獻和研究文獻，我們應懷有强烈的歷史使命感去進行搶救性的發掘和整理，從而有利於中華優秀傳統文化的世界流傳，並强有力地呈現屈原對世界文化的貢獻。

第二，激發國人對中華傳統文化的自豪感，增强民族自信。東亞楚辭文獻不只是中國典籍的域外延伸，不只是本土文化在域外的局部性呈現，不只是“吾國之舊籍”的補充增益，它們是漢文化之林的獨特品種，是作爲中國文化的對話者、比較者和批判者的“異域之眼”而存在的。本課題以東亞楚辭文獻爲側重點，能够更爲客觀、詳實地展現屈原及楚辭在東亞文化中的地位和影響，從而進一步增强我們的民族自豪感，以期爲中華民族在傳統文化基礎上實現“中國夢”培育更强有力的民族自信。

第三，增强中華文化的軟實力，掌握跨文化交流中的學術話語權。屈原及楚辭對東亞文化的發展做出過重要貢獻是不爭的事實，本課題作爲集合性、綜合性、實證性的研究，以無可置疑、有理有據的成果，建立起與世界對話的平臺，從而掌握國際學術交流的主動權、主導權，實實在在推進了中國學術的國際化進程。

三、總體框架

（一）總體問題、研究對象和主要内容

本課題所説的東亞更傾向於一個文化概念，主要包括日本、韓國、朝鮮、蒙古與越南等古代以中國爲中心的漢文化圈。本課題研究的總體方向就是對東亞地區楚辭文獻做綜合性的搜集、整理與研究。研究對象就是東亞各國現有的與楚辭有關的文獻，如歷代楚辭的注本及其不同版本、楚辭圖譜、研究評論與學術劄記等。研究的主要内容包括在調查並摸清東亞各國現藏楚辭文獻的數量、藏地、版本特點的基礎上，對東亞地區的楚辭文獻做系統性的研究，涉及編纂書目、撰寫提要、點校、影印等文獻整理工作，以專題形式對楚辭文獻在東亞的傳播與影響做系統的研究，進行東亞楚辭文獻的資料庫建設等應用性研究。

（二）總體框架和子課題構成

課題的總體目標是對東亞地區的楚辭文獻做綜合性的整理與研究，子課題按照“文本”“研究”“應用”的原則對總課題進行分解：

子課題之一“東亞楚辭文獻總目提要”，將東亞地區各國所藏的楚辭文獻書目編成“東亞楚辭文獻知見書目”，内容包括書名、卷數、撰者、撰作方式、版本、存佚、叢書項等基本信息，爭取將東亞地區目前可見的所有的有關楚辭學的注釋、考證、評點、圖譜與研究等方面的著作全部收入，以“總書目”的面貌出現，以“知見書目”爲基礎，選取其中有代表性的著作撰寫提要。

子課題之二“東亞楚辭文獻選刊”，主要針對東亞地區各國所藏重要的楚辭文獻的注本、音義、考證、圖譜、劄記等著作，對東亞楚辭文獻進行分類整理。精選東亞地區稀見的楚辭版本予以影印，對目前尚未有點校本的楚辭文獻予以點校，精選外文楚辭研究著作翻譯成中文。影印、點校、譯介形成系列成果。

子課題之三“東亞楚辭學研究集萃”，擬對東亞漢籍中的楚辭批評資料及東亞楚辭研究論文進行整理研究。一是對東亞各國的楚辭研究資料進行全面彙編。二是對楚辭研究的學術論文進行全面收集，編訂目録索引。精選重要的楚辭研究論文撰寫提要，展現東亞楚辭研究的趨勢和流變。三是甄選有代表性的東亞楚辭研究論文，評騭得失，編訂出版。

子課題之四"東亞楚辭學研究叢書"，研究楚辭在東亞地區的傳播及其對東亞文化的影響。對楚辭作家中的"專人"（屈原、宋玉、賈誼等）進行評價與研究，對東亞各國學者翻譯、介紹楚辭作品中的"專篇"（如《離騷》《九歌》《天問》《九章》《九辯》等）進行研究，對東亞各國藏楚辭注本中的"專書"（如《楚辭補注》《楚辭集注》《楚辭韻讀》等）收藏、翻刻與流傳等進行研究，對楚辭史上的熱點"專題"（屈原生平、端午風俗與韓國江陵端午祭等）等進行研究。

子課題之五"東亞楚辭文獻資料庫建設及應用研究"，利用現代信息技術手段，將東亞楚辭文獻進行數字化加工處理，既有利於東亞楚辭文獻的永久保存，有利於楚辭文獻的便捷傳播，也有利於學者的深入研究與利用，有利於普通受衆學習楚辭、了解楚辭。開發東亞楚辭文獻系列資料庫、語料庫和注釋知識庫、智慧檢索系統，以滿足不同使用者的學習和研究需求。這些研究成果將以東亞楚辭文獻網絡資料庫和智慧檢索平臺的形式展現。

## 四、預期目標

（一）本課題研究將達到"構建平臺，承前啟後"的學術目標。構建一個包括東亞地區楚辭文獻的整理、學術研究、語義化智慧檢索在内的研究平臺。這個研究平臺將發揮承前啟後的作用，既對此前東亞楚辭研究做一個系統的總結，也爲後來的楚辭研究者以這個平臺爲基礎將楚辭研究繼續推向深入提供助力。

（二）學科建設發展上的預期目標。爲楚辭學研究建立一個全新的研究模式，這個模式是包括中國文學、中國歷史、語言學、圖書館情報與文獻學等在内的跨學科的綜合研究模式。這個模式可以爲詩經學、唐詩學等文學研究借鑒。

（三）資料文獻發現利用上的預期目標。調查並披露一批楚辭文獻的稀見版本，將結集出版系列點校本，系統推出楚辭各相關領域的研究史，公布東亞楚辭文獻的資料庫和注釋知識庫。這些預期成果都將爲中國古代文學與文化的研究提供重要的基礎文本與研究資料。

五、研究思路、視角和路徑

（一）總體思路

第一，在對國内楚辭研究充分把握、對國内外楚辭文本全面比對的基礎上，對這些流傳在東亞地區的楚辭的珍本、稀見本等進行搶救性發掘和整理，以期更好地保存中華優秀傳統文化。第二，對東亞的楚辭學成果進行全面調查和研究，探尋楚辭作爲中華精華文化在東亞得以流傳的原因等，從而更爲客觀地描述中華文化對東亞文明的貢獻，唤起國人更强的民族自豪感，進一步加强國人把優秀文化傳承下去的責任感。第三，對楚辭文獻進行深入的數字化工作，理論研究與社會應用並重。

（二）研究視角

課題將以古代東亞漢文化圈爲背景，賦予楚辭文獻研究一個整體意義。研究視野超越國别、語言、民族的限制，以中國現存的楚辭文本文獻、楚辭學研究爲重要基礎和主要參照，以現存的日本、韓國、越南的楚辭文獻爲側重點，形成不同于傳統文獻研究的新視野。因爲東亞楚辭文獻是一個龐大而豐富的學術資源，它會提出許多新鮮的學術話題，與之相適應，必須用新鮮的學術方法和理念去解决楚辭在東亞流傳的實質原因、楚辭在漢文化圈的作用和影響等重要問題。

（三）研究路徑

第一，利用多種途徑調查和搜集國内外楚辭文獻。（1）利用各種書目搜集現存於東亞各國的楚辭文獻；（2）利用現代信息技術進行搜索；（3）實地考察東亞各國的各大圖書館、著名文庫以及私人藏書樓等，進行發掘和搜集；（4）利用各種文集、詩話等古代文獻，進行查閲、精選；（5）對發掘和搜索到的楚辭資料，採用購買、複印、拍照等方法收集。

第二，對收集到的楚辭文獻以編目、影印、點校等形式進行整理。（1）將搜集到的楚辭文獻編成詳細書目，對現存東亞楚辭文獻進行統計和梳理；（2）精選東亞地區楚辭文獻的善本、孤本，以及有價值的抄本等予以影印，給學者提供真實的原始參考文獻；（3）對沒有整理過的典籍甄選並予以點校出版，爲今後的楚辭研究提供便利。

第三，對收集整理的楚辭文獻及東亞學者的楚辭研究論著，進行系統的專題研究。如楚辭發生學研究，楚辭經典著作研究，東亞楚辭代表作家作品研究，楚辭在東亞的傳播時間、途徑、方式，以及對東亞文學、文化的影響研究等。

## 六、研究方法

### （一）整理與研究同步進行

進行編目、精選、點校等整理工作的同時，進行撰寫提要、發表專題學術論文、撰寫系列研究叢書等工作，形成“邊整理邊研究”的模式。涉及的研究路徑有目録編制、版本考辨、輯録散佚、影印點校、專題研究等。

（二）以文獻爲基礎的綜合研究

首先，立足載録楚辭文獻的大量域外漢籍，有書目、史書、日記、文集、詩話、筆記、序跋、書信等，其中還包括課題組發掘的未曾公之於世的朝鮮文人出使的日記（燕行録）、文集、詩牘帖等。其次，重視中國典籍中關於楚辭文獻的記載，並與域外漢籍中的記載進行參證、互證、補證等。既重視域外文獻，也不忽略中國典籍，最大範圍地搜集和整理東亞楚辭文獻，是本課題研究的一個基本原則。最後，在充分調研這些材料的基礎上，對東亞楚辭學的新現象、新問題、新特徵等展開分析和研究。綜合採用整理、例證、比較、闡述等多種分析方法以及調查、統計、演繹、歸納等研究方法。

（三）涉及多學科領域的綜合研究

本課題研究涵蓋的學科領域有中國文學、外國文學、圖書館情報與文獻學、考古學、語言學、世界歷史等。

（四）以漢文化圈爲背景的比較研究

本課題超越傳統的楚辭本體研究，放眼東亞，對楚辭在東亞的傳播、東亞古代學者對楚辭的批評與接受、近現代東亞楚辭學史、楚辭及楚文化對東亞各國文化的影響等進行研究。

## 七、 重點難點

（一）資料的調查與獲得

本課題涉及龐大的資料調查工作，各地公私藏書的調查與獲得任務艱巨，尤其是域外楚辭文獻中的善本和稀見本的影印涉及知識産權，其複本的獲取和得到影印授權有較大難度。此外，獲取複本的經濟成本也較高。課題組擬採用各種合理方法努力調查、獲取，與各大藏書機構建立密切合作關係，爭取得到已建立合作關係的海外研究機構和中國駐外政府機構的大力幫助等。同時，加大文獻資料購買的經費投入。

（二）東亞楚辭文獻的整理與校注

東亞楚辭文獻中的一些抄本、稿本十分珍貴，同時整理與校注有一定難度。首先，有些版本本身的源流系統由於證據缺乏，其版本刊刻、流傳過程等難以考辨。其次，有些版本中的文字爲草書，在辨識上有一定困難。再次，一些文本正文爲漢字，疏解爲韓語或日語等，多語種的文獻亦給整理帶來一定難度。最後，校注域外楚辭版本時，整理者亦需諳熟中國楚辭學、東亞漢文學、訓詁學等。子課題負責人均爲一流的古代文學、古典文獻學專家。課題組成員大多受過域外漢籍研究的專業訓練，均爲博士或正、副教授，熟悉東亞各國的歷史文化，通曉日語、韓語、英語等，完全有能力協助子課題負責人，共同完成整理與校注工作。

（三）楚辭研究新模式的構建

以整個漢文化圈爲背景，突破傳統楚辭研究的既有模式，利用多學科的研究力量，對東亞楚辭進行首次全面的調查、整理與研究。楚辭作品中的“專篇”、作家中的“專人”、注家中的“專家”、楚辭學史中的“專題”研究，以及楚辭的東亞傳播與影響研究，是楚辭研究新模式的重要標志。本課題擬通過多層面的學術探索，爲楚辭學的發展構建一個更高的學術起點。

（四）資料庫建設和語義化平臺建設

多語種資料庫結構和規範的設計與建立，多語種語義標注和智慧檢索系統的開發是“東亞楚辭文獻語義化”的重點難點問題。目前各種基於本體的語義檢索系統，多停留在理論研究和部分領域實驗階段，對於古漢語，尤其是先秦文學作品的語義檢索，尚無成熟案例。實現字詞的語義半自動切分，設計基於規則的語義標引系統是擬解決的關鍵問題。本課題將利用現有的分詞技術，結合楚辭作品語義語法規則，開發基於楚辭語義標引訓練集的楚辭語料庫，構建楚辭注釋知識庫，建成多語種楚辭文獻系統平臺，利用最新技術方法和手段推進楚辭研究領域的信息技術應用。

八、創新之處

（一）在問題選擇上，具有東亞文化交流史的視閾。

首次將楚辭研究置於東亞漢文化圈背景，以現有的楚辭文本和研究成果爲基礎和參照，比較研究東亞其他國家楚辭文本的存在情況及價值，揭示楚辭作爲中華傳統文化精華在漢文化圈的作用與影響。

（二）在文獻收録上，做到“全”與“新”的突破。

對東亞各國所藏楚辭文獻做全面系統的收集整理，調查足跡遍布東亞各國的大小藏書館所。同時，重視日、韓、越、蒙、朝鮮等國的私人藏書，如韓國的雅丹文庫、日本的藤田文庫等。目前，本課題組已經掌握韓國楚辭文本 394 種，日本楚辭文本 313 種，越南、蒙古等國楚辭文本 49 種。其中不乏一些珍本和稀見本，如韓國國立中央圖書館藏《楚辭》光海君年間木活字本、日本京都大學人文研本館藏《楚辭》慶安四年刊本等。

（三）在研究方法上，綜合運用多學科交叉的方法。

研究方法涵蓋文獻學、考古學、歷史學、統計學、文藝學、美學、文化學、比較文學、圖書情報學、軟體工程學等諸多學科的理論方法。此外，因爲本課題的研究理念是實證與研究相結合，在具體操作上，注重將縝密的實證上升到綜合研究，在確定事實的基礎上，發現事實與事實之間，甚至事實以外、事實背後的因果或聯繫，做到出土文獻與傳統文獻互證，考據與義理並重，體現出綜合性、系統性與學理性。

（四）在技術路綫上，建立"一體兩翼"的研究模式。

以文獻整理爲"一體"，以研究與運用爲"兩翼"。本課題的研究成果不僅是東亞楚辭文獻的整理彙編，而且是對東亞楚辭研究史進行分類研究，並開發東亞楚辭文獻資料庫，開創了文獻整理研究的新路徑。特别是東亞楚辭文獻資料庫建設，這是先賢整理和研究楚辭尚未涉及的全新領域，基於語義化的資料庫建設，將爲楚辭研究的深入與普及提供一個更便捷的信息平臺，亦有利於楚辭文本及研究資料的永久傳承。

# 目　録

# 整理説明

徐焕龍，字友雲，宜興（今屬江蘇）人。生卒年不詳。著有《屈辭洗髓》《大易象解》《詩經辨補》等。其生平可據《屈辭洗髓》儲欣《序》略窺一二：

惟友雲好讀書，悟性超拔，與語輒獲異聞。其説五經尤精卓，制藝、陶鑄、經史爲震澤、毗陵適傳，貌小變耳。然進取之際，恬退特甚。丙午鄉薦，屢挫春官。益讀書。或以禄仕勸，弗應。季逾五十，杜門南郭。注《周易》，二年而成。注《詩》，一季成。又以其隙，成《屈詞注》。家貧無力梓行，余以《屈詞》卷帙頗簡，力請刊布，公諸海内好尚風雅之士。①

徐氏雖天資聰慧，然科場失意。自康熙五年（1666），即序中所述“丙午”之年，中舉後便屢試進士不第。其“困公車三十餘年”②，更是發憤讀書，無心功名利禄。年過五十，“杜門樂道安貧”③，注解經典，獨具己見。徐焕龍終其一生讀書治學，著述頗豐。除《屈詞》外，其所注另有《周易》《詩》等。因家境貧寒，無力刊布，幸得儲欣相助，《屈辭洗髓》得以梓行于世。

---

① 《楚辭文獻叢刊》（第四十八册）之《屈辭洗髓》，黄靈庚主編，國家圖書館出版社，2014年7月版，第400—402頁。

② 版本同上，第600頁。

③ 版本同上，第600頁。

康熙年間，民族矛盾淡化，社會發展進人相對穩定階段。這一時期，文人學者對《楚辭》的注述不再帶有明末清初那種濃烈的忠君愛國情懷。受程朱理學影響，他們在注述上呈現出多樣化的面貌。徐煥龍著《洗髓》之緣起，其侄徐瑶在《跋》中有所提及：

系辭於屈，所以别乎後人之擬其體而爲之者。《洗髓》之爲言，明乎今日之注。極深研幾，探討靡剩義，與作者精神相貫徹，非止得其皮毛而已也。屈子抱纏綿悱惻之性，兼沉博絶麗之才。著爲《離騷》，根柢忠孝，究極三才，萬象幽明。古今之理，其言雜而不越，曲而有體，似複而非羡，若斷而仍連。上繼《易》《書》《詩》《禮》《春秋》，下開千萬年詞賦之祖。若宋玉、唐、景、賈、劉、揚、馬之徒，紛紛繼起，十不能彷彿其一二，何論其他。後之學者，第據宣城《章句》、新安《箋注》，以爲離騷文義，即止於是。試精求其所以然之故，猶茫然若墮雲霧中。嗟乎！騷傳而騷理之不傳久矣。①

由《洗髓》之名可知，该書为徐煥龍所著，非後人擬騷之作，是在貫徹屈原精神的基礎上，對《屈辭》進行的深入研究和探討。與其他文人學者注述相異，徐注于文義之外，更注重對屈騷精髓的剖析和騷理的宣揚。故而，推陳出新，“勿爲陳説所牢籠”②，是徐氏注述《屈辭》的主要目的。

今所見《屈辭洗髓》，爲清康熙三十七年無悶堂刻本，上海圖書館、安徽省博物館、中國社會科學院歷史研究所圖書館、中國社會科學院圖書館均有所藏。其名亦見《中國古籍善本書目》。是書凡五卷，編次如下：首儲欣《序》(《序》后鈐兩印，一曰“欣印”，一曰

① 版本同上，第599—600頁。

② 版本同上，第601頁。

“宜興儲同人”），次《目録》，其次徐瑶《簡明音釋》，再次五卷正文，末附徐瑶《跋》(《跋》后鈐兩印，一曰“徐瑶字曰天碧”，一曰“離墨詞人”)。卷内正文版式爲半葉9行。本文大字，每行21字。注文小字，雙行夾注，每行21字。上下黑口，左右雙邊。目録及各卷首均有徐氏署書，題“荆溪徐焕龍友雲甫著”。徐瑶所爲《音釋》，以《洗髓》目次爲序，每篇均摘出若干字詞，采用“直音”“讀若”之法加以注音。其摘字原則爲“一概反切及他書常見字面平上去入易曉者，俱不載”①。

該書爲屈原作品二十五篇作釋。編目依王逸《楚辭章句》舊次，而删“經”“傳”等字。其目次如下：卷之一《離騷》，卷之二《九歌》，卷之三《天問》，卷之四《九章》，卷之五《遠遊》《卜居》《漁父》。各卷款式基本相同：本文之下爲雙行夾注，訓詁爲主，兼及文義。眉語甚多，以文義爲主，亦論章法。篇末總論，融貫一篇之旨。徐説大牴以王逸、朱熹舊説爲宗，亦能推陳出新，抒發己見，新人耳目。

關於是書的評注特色，儲欣《序》有言：

今惟王叔則、朱考亭二注家有其書。叔則詳於訓詁，考亭嚴於章句，此其所長也。……則凡澤畔行吟之作，必故微其辭，詭其指。前後轉折，必故有所捍格而不可推，亦事勢使然，其無足怪。惟讀者出吾超拔之悟，設身處地，逆其幽憂窈渺之思，然後微者可顯，詭者可正，捍格者可貫通。而二家之注，於此有遺憾焉。嗟乎！此其所短也。余觀友雲注，采二家之所長，補二家之所短。一字晦蒙，揭諸日月。雖在幼學，

① 版本同上，第411頁。

猶將目擊心解。[1]

徐瑶《跋》亦云:

叔父乃字剖之、句析之,逐節詳疏之,更會一篇之旨而融貫之。語核而奇,理精而確。讀之者如久坐漆室,忽置身琉璃屏障間,而陽光四燭。雖謂離騷之文,至今日始明也可。[2]

絶非臆説附會,與先儒相牴牾。且夫奇情奥旨,原屬古人文字中所自有,特在好學者精思而自得之。[3]

可見,《屈辭洗髓》在注述上既集王逸、朱熹二家注之所長,又能補其所短。"讀之者如久坐漆室,忽置身琉璃屏障間,而陽光四燭。雖謂離騷之文,至今日始明也可。"此論雖有贊譽過甚之嫌,但也在一定程度上説明了徐氏之著確有啓人心智之處。

細讀全書,我們可將其注述特色總結如下:

一、反對舊説,獨抒己見。

《洗髓》在訓詁和文義上,雖大抵承王逸、朱熹舊説而來,但對一些字句的理解,徐氏仍能在深入研究的基礎上,大膽挑戰經典,對其進行駁正。如:

本文:吾令帝閽開關兮,倚閶闔而望予。時曖曖其將罷兮,結幽蘭以延佇。世溷濁而不分兮,好蔽美而嫉妬。

注解:望予,猶跂予之謂,舊説帝閽不肯開關,倚閶闔而望原,解錯。

又如:

本文:時不可兮再得,聊逍遥兮容與。

---

① 版本同上,第402—405頁。

② 版本同上,第600頁。

③ 版本同上,第601頁。

注解：曰“吉日良辰”，一歲有幾，君其可聊逍遥以容與乎？蓋不敢直請其來歆我祀也。舊説神不見答，聊自逍遥容與，謬。

可見，《洗髓》對經典的駁正並非信口雌黄，而是就騷解騷，有據可依。

二、不落窠臼，自成一家。

徐氏在注釋時，常能精思文章奥旨，不爲陳説所禁錮。如釋《卜居》：

卜其所以居身之術，非真自疑，聊寄感慨耳。鄭詹尹或亦猶《騷》篇所謂“靈氛”“巫咸”，而未必當時果有是人。

又如釋《漁父》：

亦或無此事，猶東方《客難》之意耳。靖節記桃源，無乃脱胎于此與。

凡此，都客觀中肯，讀來令人豁然開朗，而非單純新人耳目。

三、實事求是，治學嚴謹。

徐氏于訓詁、文義等不解之處，常抱以寧闕疑、勿妄論的嚴謹態度。如釋《大司命》：

《周禮·大宗伯》有司命之祀，疏云“三台星上台曰‘司命’”，又“文昌第四宫亦曰‘司命’”。故有兩司命，未知果是。

又如釋《山鬼》：

魑魅魍魎，不逢爲美，何反祀之，此益淫祀。篇中但言鬼媚人，且不能近人，而不及人之敬鬼，是又中倫之言。謂鬼比己，人比君，寄慨慕君，君不答之意，未知果否。然語句大類寓言，豈山鬼無足重輕，遂借以自寫憂懷。

四、品鑑《屈詞》，既從字句中識得其妙，又從章節中析得其髓。如：

本文：日月忽其不淹兮，春與秋其代序。惟草木之零落兮，恐美人之遲暮。

眉語:"日月不淹"以下,既修其己而急欲成君。"美人遲暮",是一篇要領。入後幾許,成言結言,有女無女,皆從此句生根。

又如:

本文:鼓枻而去,乃歌曰:滄浪之水清兮,可以濯吾纓。滄浪之水濁兮,可以濯吾足。

注解:用陳語,妙。一則與世濁我清,回顧作態。一則漁父意中,貴清賤濁。一則楚王清濁無分曉。

凡此不勝枚舉,恰與《洗髓》之名相得。

關於《屈辭洗髓》對後世楚辭研究的價值和影響,我們可以從清代王邦采《離騷彙訂》之"離騷彙訂姓氏"中探知一二。"姓氏"共列六家:王逸(字叔師)《章句》、洪興祖(字善慶)《補注》、朱熹(字元晦)《集注》、徐焕龍(字友雲)《洗髓》、林雲銘(字西仲)《燈》、朱冀(字天閑)《辯》。王氏在評論六家舊注優劣時指出:

右所采者六家,朱子《集注》大半本之王、洪兩家,間有改竄,未見精融。天閑氏謂屬後人之假托,疑或然也。林氏西仲自謂可燭照無遺,而讀之如聞夢囈。天閑氏力闢之,皆當。惜其拘牽臆鑿諸病,更甚于前人。而才情横溢,又足以文其背謬,迷人心目。其詒誤後學,尤非淺淺。因俱用直筆標于旁,而詳加辯正焉。但求其義之安而已,非好爲論難也。徐友雲氏係未刻稿,擇其有當者,節采之。外此,《文選》之六臣注,非專解,且多紕謬。即近世《淪注》《纂注》等書,亦無甚發明。若黄惟章氏之《聽直》,有激而言之,非注書之正體。至檇李陸昭仲氏,甚爲疏陋。餘子瑣瑣,益不足道矣。皆不録。①

① 《楚辭文獻叢刊》(第五十三册)之《離騷彙訂》,黄靈庚主編,國家圖書館出版社,2014年7月版,第387—388頁。

王邦采認爲朱熹、林雲銘、朱冀、《文選》六臣、閔齊華、張鳳翼、黄文焕、陸時雍等人對楚辭的注解幾乎無可圈點，甚至有詒誤後學之嫌。至於他人注述，更是不值一提。惟對徐焕龍之《洗髓》，雖只一句“徐友雲氏係未刻稿，擇其有當者，節采之”，卻已是極高的肯定。此處姑且不論王氏對這些重要楚辭著作的批駁是否過甚，但他對《洗髓》的評價還是較爲中肯的。如：

本文：紛吾既有此内美兮，又重之以修能。

徐注：民之初生，莫不各有元亨利貞之美德，紛然内藴，故曰吾既有此，非人無吾獨有之謂。但内美天所賦，修能人自爲，我則又加之以修能矣。

王評：明徹。①

又如：

本文：屈心而抑志兮，忍尤而攘詬。

徐注：因其自來而取曰攘。詬辱之加，順受不辭，若攘爲己有也。

王評：攘訓卻與“屈”“抑”“忍”三字不類似，從徐説爲長。②

再如：

本文：湯禹儼而祗敬兮，周論道而莫差。

徐注：此言周之所以繼夏殷而興，非概論三后也。

王評：亦可備一説。③

《離騷彙訂》取徐注條目，較其他五家來説，數量不多，但對其説之肯定卻勝于他説。在那個楚辭界充滿辯駁之聲的時代里，《洗

---

① 版本同上，第412頁。

② 版本同上，第471頁。

③ 《楚辭文獻叢刊》（第五十四册）之《離騷彙訂》，黄靈庚主編，國家圖書館出版社，2014年7月版，第20頁。

髓》能够與諸本重要楚辭著作同列，進入學界，并爲人們所重視，足以顯示其在當時的價值所在。

惜該書流傳至今，僅見清康熙三十七年（1698）無悶堂刻本，其傳播範圍之小可見一斑。這也是現今學界對其研究甚少的重要原因之一。

幸蒙恩師建忠先生之信任，我于 2015 年初加入“東亞楚辭文獻選刊”整理工作，對徐焕龍《屈辭洗髓》進行點校。先生對我從事該項工作給予了很大鼓勵，并提出了許多寶貴意見。許富宏先生在點校過程中也給予了我很多指點和幫助，謹一並致以深深的謝意。由於我資質愚鈍、才疏學淺，導致此次點校仍存在些許紕謬和不足，敬請讀者批評指正。

# 凡　例

一、 本書由整理説明、目録、凡例、正文四部分組成。 正文包括儲欣《屈辭洗髓序》、徐焕龍《屈辭洗髓目録》、徐瑶《屈辭簡明音釋》、徐瑶《屈辭洗髓跋》、徐焕龍《屈辭洗髓》(五卷)。

二、《屈辭洗髓》原文及佚名批注，以清康熙三十七年(1698)無悶堂刻本(國家圖書館出版社二〇一四年影印,《楚辭文獻叢刊》，第四十八册)爲底本，簡稱“康熙本”。

三、《離騷》参校之版本，選用清光緒庚子年廣雅書局所刊的王邦采《離騷彙訂》(國家圖書館出版社二〇一四年影印,《楚辭文獻叢刊》，第五十三册)，簡稱“王本”。

四、 正文段落劃分主要參照洪興祖《楚辭補註》(中華書局一九八三年版)，兼顧《屈辭洗髓》原文文意。 佚名眉批以脚注形式列于每頁之下。

五、 本書所涉及的古今字、通假字一律保留底本原貌。 異體字的處理分兩種情況：在不影響文意的情況下，徑改爲規範字形；影響文意理解者，保留原貌。 凡明顯誤字者，徑加改正，不出校記。 凡文字有明顯出入且影響文意理解者，出校記，校記放在該段文字之後。

六、本書根據徐焕龍引用《楚辭》原文情況，靈活添加雙引號以便讀者閱讀。

七、原文序、跋、目録、音釋等均予保留，以顯其原貌。

# 儲欣序

徐子友雲，與余爲總角交。生同里，學同業，補博士弟子員又同時，相得也，誼若親手足。余齒差長，然心獨敬重友雲，無敢弟畜。惟友雲好讀書，悟性超拔，與語輒獲異聞。其説五經尤精卓。制藝、陶鑄、經史，爲震澤、毗陵適傳，貌小變耳。然進取之際，恬退特甚。丙午鄉薦，屢挫春官。益讀書。或以禄仕勸，弗應。季逾五十，杜門南郭。注《周易》，二年而成。注《詩》，一季成。又以其隟，成《屈詞注》。家貧無力梓行，余以《屈詞》卷帙頗簡，力請刊布，公諸海内好尚風雅之士。友雲重余請，不得已應焉。余按，漢淮南王後，注騷者無慮百十家，今惟王叔則、朱考亭二注家有其書。叔則詳於訓詁，考亭嚴於章句，此其所長也。然三閭大夫，以芉族不世出之才，事庸昏相繼之主。傷讒諂之蔽明，而憂祖廟之不血食。言發禍隨，既已遭放逐，憔悴江潭矣。則凡澤畔行吟之作，必故微其辭，詭其指。前後轉折，必故有所捍格而不可推，亦事勢使然，其無足怪。惟讀者出吾超拔之悟，設身處地，逆其幽憂窈渺之思，然後微者可顯，詭者可正，捍格者可貫通。而二家之注，於此有遺憾焉。嗟乎！此其所短也。余觀友雲注，采二家之所長，補二家之所短。一字晦蒙，揭諸日月。雖在幼學，猶將目擊心解，而况海内好尚風雅之士乎？ 以是言之，此注雖單行可也。 工告訖功。 余粗品騭其大概如此。 其他《易》注、《詩》注將俟其鳩工之日而更序言之。

時康熙戊寅季夏，同學儲欣序

# 屈辭洗髓目録

荆溪徐焕龍友雲甫著

# 屈辭簡明音釋

一概反切及他書常見字面平上去入易曉者，俱不載。

## 離騷

重以修能能，叶音耐　纫音寧，作㸒，讀音誤　宿莽莽，叶音姆　菌醇字上聲　茝叶音蕊　險隘隘，叶音乙　荃音詮　數化化，叶音訶　刈叶音艾　凴不猒乎求索凴與憑通，後仿此　索，叶音素　顑音喊　頷含字上聲　蕊隨字上聲　纚叶音洒　世俗所服服，叶音物，後仿此　多艱艱，叶音基　纕音襄　諑音卓　偭音面　忳音肫　侘嗏字上聲　傺音掣　溘堪字入聲　爲此態態，叶音梯　詢詬同　驀古集字　糅音柔　懲叶音長　嬃音須　嬋音蟬　媛音爰　予上聲，後仿此　鮌鯀同　薋音時　菉音陸　葹音師　敶古陳字　衖巷同　厥家家，叶音姑　澆奡同　阽音店　枘音芮　歔音虛　欷音希　虬音求　軔音刃　崦音煙　嵫音玆　迫叶音搏　日夜夜，叶音下　曖音藹　溷音混　閬音浪　馬叶音姆　繼佩佩，叶音畀　虙音伏　所在在，叶齊字，上聲，後仿此　繣音画　佻巧巧，音考　藑音窮　筳音延　篿音專　珵音呈　剡音衍　矱音户能調調，叶音同　行媒媒，叶音迷　薆音愛　檄音殺　變化化，叶音訶　離叶音羅　沬叶音迷　縻音迷　粻音昌　晻音掩　啾音揫　徑待待，叶音提　軑音犬　蜿音宛　蜷音拳

東皇太乙

瑱音震　枹音孚　倡同唱　姣音佼

雲中君

憺音诞　猋音標　憹音同

湘君

要同窈　眇同妙　柏音搏　荪音孫　涔音岑　潺音讒　湲音爰　陫音匪　櫂音棹　枻音曳　浅浅，叶音牋牋

湘夫人

蘋音烦　罾音譖　澨音逝　葺音缉　橑音老　楣音眉　药音约　罔同網　擗音劈　櫋音棉　繚音了　廡音武　褋音牒　汀音廳

大司命

坑同岡　濅同寖　駝同馳　奈何何，叶音奚

## 少司命

儵同倏　咸池池，叶音陀　晞音希　孍同美　於同鈴　慫音總

## 東君

暾音吞　皎同皎　輈音舟　縆音亘　姱叶音苦　翾音喧　曾同翻

## 河伯

螭叶音倭　澌音斯

## 山鬼

睇音弟　譱同善　磊雷字上聲　栢叶音博　填音田　颯音瑟　蕭叶音修

## 國殤

接叶音匝　先叶音詢　殪音意　霾同埋　弓叶音庚　雄叶音雲

## 禮魂

倡同娼

天問

瞢音孟　化叶音灰　虧叶音姱　隈音尉　數叶音速　菟同兔　衙同啣　施叶音沙　化叶音花　洿叶音庫　窴音地　荓音平　鯪音陵　蚳音析　功叶音光　嵞同塗　飽叶音秘　蠥同孽　躲同射　蘜音匊　珧音瑶　豨音喜　莆同蒲　藋音九　抃音弁　殆叶音底　鰥叶音矜　意同億　竺音祝　悒音邑　蠭音風　祐叶異字上聲

惜誦

肬叶音衣　志叶音之　咍音貽　瞀音茂　忳音驣　杭同航　鼇音齏　態叶音替　罻音尉　胖音判　糳同鑿　橋音皎

涉江

璐音路　欸音哀　舲音零　滯叶音外　陼音睹　狖音又　垠音銀　贏音果　臊音騷　不得薄薄，音傅

哀郢

坐同齊　楸音秋　汜音范　淼音眇　汋音綽　諶音忱　惀音倫　踥音縋　蹀音牒　曼音萬

抽思

懮音憂　志叶音之　憍同嬌　姱叶音户　詳同佯　患叶音横　完叶音黄　崴音威

懷沙

眴同瞬 鞠叶音葛 㬒音盛 笯音奴 遻同晤 匹叶音洴
愛叶音意

思美人

菀音鬱 化叶音嫣 茕音惸

惜往日

娭同嬉 澂音澄 讒音讀 廱古壅字 昭叶音周，後仿此
聊叶音留 廚叶音稠 謾澷字去聲 蓡音謨 代叶音地

橘頌

徠同來 摶同團

悲回風

曼音幔 糾音究 曶音忽 唫同吟 攄音樞 捫音門 潄音
瘦 雰音分 岐同岷 磕音溉 洶音凶 潏音决 伴同叛 愁音狄

遠遊

暺同曄 靁同零 仿音旁 瀣音械 霞叶音胡 頩音屏 脕
音晚 家同寂 溶音容 鶩音傲 蓐音辱 叛音判 睫音逮 曭
音儻 担音結 撟音矯 潤音亡 瀁音漾 翥音著 逴音卓

## 卜居

哫音足　訾音咨　喔音屋　咿音伊

## 漁父

淈音掘　汶叶音靡

# 徐瑶跋

家叔父注《屈詞》成，顔曰《洗髓》。將授梓，命瑶補注音釋，且綴一言，附簡末。瑶謹受教。既卒業，進曰：系辭於屈，所以别乎後人之擬其體而爲之者。《洗髓》之爲言，明乎今日之注。極深研幾，探討靡剩義，與作者精神相貫徹，非止得其皮毛而已也。屈子抱纏綿悱惻之性，兼沉博絶麗之才。著爲《離騷》，根柢忠孝，究極三才，萬象幽明。古今之理，其言雜而不越，曲而有體，似複而非羡，若斷而仍連。上繼《易》《書》《詩》《禮》《春秋》，下開千萬年詞賦之祖。若宋玉、唐、景、賈、劉、揚、馬之徒，紛紛繼起，十不能仿佛其一二，何論其他。後之學者，第據宣城《章句》、新安《箋注》，以爲離騷文義，即止於是。試精求其所以然之故，猶茫然若墮雲霧中。嗟乎！《騷》傳而騷理之不傳久矣。叔父乃字剖之、句析之，逐節詳疏之，更會一篇之旨而融貫之。語核而奇，理精而確。讀之者如久坐漆室，忽置身琉璃屏障間，而陽光四燭。雖謂離騷之文，至今日始明也可。叔父自丙午鄉薦後，困公車三十餘年，杜門樂道安貧。户外問奇者屨常滿。所著《大易象解》《詩經辨補》，有功經學甚大。四子全章制義八百首，大小題千餘首，詩藝三百餘首。括囊萬有，醖含百家，卓然稱海内巨觀。他撰述尤富。家貧，弗克悉付剞劂。先梓屈辭問世。世有好者，知是書也，即起屈子質之，亦應有獲心之樂。絶非臆説附會，與先儒相牴牾。且夫奇情奥旨，原屬古人文字中所自有，特在好學者精思而自得之。勿爲陳説所牢籠，斯則叔父之志也夫。

康熙戊寅八月朔，侄瑶天碧敬跋

# 屈辭洗髓卷之一

荆溪徐焕龍友雲甫著

## 離騷

《離騷》所由作，前後漢人已詳，不具述。

**帝高陽之苗裔兮，朕皇考曰伯庸。** 帝高陽，顓頊也。楚其後系，故曰“苗裔”。古謂我曰“朕”，不必王者始稱朕。父死曰“考”。皇考，猶言美考。伯庸，其字也。遠溯水源，則聖帝之後，近追木本，又賢父所生，以明氣體從來，殆亦非偶。**攝提貞于孟陬兮，惟庚寅吾以降。**[①] 攝提，星名，隨斗柄以指十二辰者，孟春昏時，正指寅方而在東北隅。貞，正。孟，始。陬，隅也。原于正月庚寅日，降自母體，斗柄指寅。又逢寅日，春令之始，木德之純，辰良日吉，又似不凡。**皇覽揆余于初度兮，肇錫余以嘉名。名余曰正則兮，字余曰靈均。** 皇，即皇考。覽者，視其

---

① 此句上眉批爲：追叙降生、命名，念念不忘先世。自投汨羅，亦只不負乃考期許。所以求忠必于孝門。

狀貌。揆者，度其將來。初度，猶言初時。日月星辰，各以度成時也。肇，始。錫，賜。嘉，美也。伯庸于原初生之時，覽其狀貌不凡，揆其將來必異，始賜以嘉名，非苟焉而命之名者。嘉名維何?以平爲名，則是名余曰“正則”矣。平也者，無偏頗，合繩準①也。以原爲字，則是字余曰“靈均”矣。原也者，中通理，外普同也。“正則”“靈均”，蓋從“平”“原”二字，衍釋其義而爲詞也。**紛吾既有此内美兮，又重之以修能。扈江離與辟芷兮，紉秋蘭以爲佩。**② 紛，盛貌。民之初生，莫不各有元亨利貞之美德，紛然内蘊，故曰“吾既有此”，非人無吾獨有之謂。但内美天所賦，修能人自爲，我則又加之以修能矣。能，獸名。絶有力，故力量過人曰“能”。修可以德言，能可以才言。能修其德而曰“修能”，修其所能而曰“修能”，皆可。惟紛有内美，重以修能，天質天葩，人工人製，所以芳香遍體，衣佩超塵。扈，被也。被以爲衣者，則江中之離與幽僻之芷。離芷皆芳草，而江離辟芷尤香。紉，續也。續以爲佩者，則清秋發之蘭，比他時之蘭更貴，以比己德，極其芳潔。**汩余若將不及兮，恐年歲之不吾與。朝搴阰之木蘭兮，夕攬洲之宿莽。** 汩，水疾流貌。搴，拔取也。阰，山名。木蘭，去皮不死之香木，其香最久。攬，采也。宿莽，冬生不死之香草，香亦最久。言我雖扈離芷、佩秋蘭，而汲汲孜孜，汩然若將不及者，正以問學無窮，修爲難恃，恐年歲易除，不復吾與。吾寸陰是惜用，朝則搴阰之木蘭，不虛此朝。夕則攬洲之宿莽，不虛此夕。朝夕勤

---

① “繩準”，王本作“準繩”。

② 此句上眉批爲：騷詞取譬芳草最多，當細細分別。“扈江離”二句，言修能既成。“朝搴阰”二句，言加修無已。

修，以益貞其永遠幽香之德①也。日月忽其不淹兮，春與秋其代序。惟草木之零落兮，恐美人之遲暮。② 吾汨將不及如此，奈忽然之間，日月更不淹留。春方去，秋又來，代易以序矣。因思秋日凄凄，草零木落，回憶春光，消歸何有？彼美人兮，亦復如是。年華一過，顏色斯衰，心焉恐之，惟其遲暮。以比己之愛慕其君，當及君盛年，與之志同道合而交修之。無令遲暮，以至於君德荒、國事壞耳。不撫壯而棄穢兮，何不改乎此度？恐其遲暮而急爲之謀，可不憑此壯盛之年，棄其穢惡之行乎？何不改此狂惑之態也？撫，憑也。年富力强，正可憑之以遷善改過。三十曰壯有室，正室家之候。棄穢者，去不潔之蒙，遂呈西子之質，皆與美人遲暮緊相承。何不，與上句互文，上“不”字已暗含一“何”字，而又帶起下文之詞。此等連上搭下，繾綣句法，後人莫辨且莫知。乘騏驥以馳騁兮，來吾道夫先路。能改此度，自能發憤爲雄。乘騏驥以馳騁而來隨我，來則吾當引道汝以先王之大路也。身爲萬乘王，擁有荆襄勝。正如騏驥是乘，不難馳騁，但不知先路，終必謬迷。而道者有吾，只要汝來，何不改此度而來隨我也？

昔三后之純粹兮，固衆芳之所在。雜申椒與菌桂兮，豈惟紉夫蕙茝？③ 三后，謂禹、湯、文武。剛健中正，極于純粹，乃全乾道，不愧大君。衆芳，比群賢。椒桂，木本，比大賢。蕙茝，草質，比小賢。申椒、菌桂，尤椒桂中最香者，比蓋世大賢。

---

① “德”，王本作“操”。

② 此句上眉批爲：“日月不淹”以下，既修其己而急欲成君。“美人遲暮”，是一篇要領。人後幾許，成言結言，有女無女，皆從此句生根。

③ 此句上眉批爲：此以芳草比古賢才。

言三后所以純粹，由賢能在位在職，固衆芳之所在耳。當此之時，蓋世大賢，奇芳畢湊，如雜申椒菌桂然。豈惟一二小賢，若紉夫蕙茝而已耶？**彼堯舜之耿介兮，既遵道而得路。何桀紂之昌被兮，夫惟捷徑以窘步。**耿，光。介，大。既，盡也。昌被，衣不帶如狂也。捷，邪出也。徑，小路也。三后惟雜用群賢①，故能于彼堯舜之耿介，盡②遵其道而得其路。祖宗道路昭然，子孫家法不遠。何至桀紂，乃遂昌被，不用周行，惟邪出小路，以自窘國步乎？怪而嘆之，緊喝聽信黨人之故。**惟黨人之偷樂兮，路幽昧以險隘。**惟此相爲朋黨之人，凡事苟且，一意怠荒。既偷且樂，致令家國之路，幽昧不明，趍于險陷阻隘之所耳。三后用衆芳，則與堯舜同耿介。桀紂信黨人，則路幽昧以險隘。可見先路所存，莫爲之道，未有不受黨人之回惑者。吾所以望汝來，而急汝道也。**豈余身之憚殃兮，恐皇輿之敗績。**黨人用事，正類必受其殃，余豈以殃及余身而憚？所恐者，君車以此敗績矣③。皇，君也。輿，車也。以皇輿比楚國世傳之業，敗績比一朝亡國之憂。**忽奔走以先後兮，及前王之踵武。荃不揆余之中情兮，反信讒而齌怒。**④忽者，無商量，不姑待也⑤。惟恐改績⑥，故忽奔走以先後其車，務使

---

① “三后惟雜用群賢”，此句之上王本有“八句一氣貫注”六字。
② “盡”，王本無此字。
③ “矣”，王本作“耳”。
④ 此句上眉批爲：此忠而見疑之始，尚未放废其身。改路有他，不難離別，皆以君心不復向己言。
⑤ “也”，王本無此字。
⑥ “改績”，王本作“敗績”。此句之下王本有“故也”二字。

不輸爾載，不失其馳，以追及前王開疆拓地，内治外威之踵武。余何等中情，寧知荃乃不加揆度，反聽讒人，使讒説得行，以速疾其怒乎？楚方言相稱，或曰“荃”，或曰“蓀”，蓋皆美其人而以芳草號之。言荃者，不便斥指君也。齌，炊餔疾也。讒人乘機以速君之怒，如疾炊餔然。余固知謇謇之爲患兮，忍而不能舍也。指九天以爲正兮，夫惟靈修之故也。謇謇，難出諸口，如謇吃然。直言惟恐忤君，又不得不言，故曰謇謇。余固知忠言逆耳，必爲身患，欲隱忍不發，而愛君至性，終不能止。舍，止也。陽數極于九，故有九天。正，証明也。靈修，美人心靈敏而貌修飾，以比君德之美也。謇謇不舍之故，此心九天可正，但欲成就君德耳。曰黄昏以爲期兮，羌中道而改路。初既與余成言兮，後悔遁而有他。余既不難夫離别兮，傷靈修之數化。古者親迎必于黄昏，《儀禮》所謂“初昏”也。羌，楚方言之語辭，猶曰“卿何爲”者。中道改路，謂婚姻之約中道改變，非謂親迎者中途他往。近相棄曰“離”，遠相違曰“别”。不難，謂因有他而于余不難夫離别，非己之有激，不以離别爲難也。靈修與我約者，不嘗曰黄昏以爲期乎？何爲中道改變其路？初既與我成此約言，後乃自悔其約。遁避其迹，而實有他心，使我黄昏欲迎無門。只爲有他，視余陌路。離别不難，余復何言哉！但余心所傷，離余别余之後，彼美之靈修，從玆自有而無以化者，必屢見化矣。以比疏己之後，小人必屢敗其君德。

余既滋蘭之九畹兮，又樹蕙之百畝。畦留夷與揭車兮，雜杜衡與芳芷。冀枝葉之峻茂兮，願俟時乎吾將刈。

**雖萎絶其亦何傷兮，哀衆芳之蕪穢。**① 此追叙前勞而惜其盡棄。原于楚懷，一切宫府内外，其始盡屬其維持調護，固望國政有成。而讒間得行，規模具废，故托此爲比。言我滋溉之蘭，既九畹是多，樹植之蕙，又百畝是廣。留夷、揭車，皆畦所備，杜衡、芳芷，並雜于畦。冀望種種枝葉，增高以峻，發榮而茂。願俟告成之時，將刈穫之。今不使余終畝，必皆萎病以致絶落。雖不過棄我前勞，亦何傷害。但衆芳易失難得，而今一任荒蕪，勢且轉芳爲穢，豈不可哀？**衆皆競進以貪婪兮，憑不厭乎求索。羌内恕己以量人兮，各興心而嫉妬。**相爭曰“競”，愛財曰“貪”，攘食曰“婪”。憑，滿也，亦方言。害賢爲嫉，害色爲妬。言哀惜衆芳，獨我一人，其餘有位，無不競進以貪婪。如酌孔取，如食宜飫，而憑求索，終於不厭。何爲内恕其己，絶不自量，刻意量人，必不恕人，各興起不良之心，嫉我妬我乎？凡人恕己以量人，則不問己之短，豈復見人之長？欲覆己之惡，豈肯容人之善？雖欲不興心，嫉妬不能矣。**忽馳騖以追逐兮，非余心之所急。老冉冉其將至兮，恐修名之不立。**騖，亂馳貌。冉冉，漸至而殊不覺也。修名，修諸己而聞于世也。因嫉妬之心，忽然奔馳，全無倫次而騖，以與我追逐寵利。豈知衆所追逐，並非余心所急，何必乃爾。余所急者，惟老將漸至，修名不立爲恐耳。忽奔走先後，爲君不暇致詳。忽馳騖追逐，爲利不顧倫次。兩“忽”字，正相對照。**朝飲木蘭之墜露兮，夕餐秋菊之落英。苟余情其信姱以練要兮，**

---

① 此句上眉批爲：此以芳草比從前利國之美政。

長顑頷亦何傷?[①] 凡卉夜受露潤，朝有水滴如珠，此爲墜露。英，華也。秋菊之英，但萎不落，獨楚地有夕落者。苟，誠。信，實。姱，美也。充實謂美之意。練要，所修精煉而要約。顑頷，肚饑面菜色也。承上所急非彼，所恐在此。故雖朝無飲，但飲木蘭之墜露，夕無餐，但餐秋菊之落英。清貧若此，顑頷可知。誠使余之中情，信實姱美，以致精練要約。長此顑頷，亦又何傷? 正與貪婪之輩相反。擥木根以結茝兮，貫薜荔之落蕊。矯菌桂以紉蕙兮，索胡繩之纚纚。[②] 木，即木蘭，其根尤香。擥，拔也。擥此木根，又連結之以茝，薜荔之香聚于蕊，貫其落蕊，使成一串。矯菌桂之枝柯而折取之，又纉之以蕙。胡繩，亦芳草。莖繁而色麗，故曰“纚纚”。索，搜求也。言苟信姱練要，則種種幽香，聊結貫串，矯拔接纉，隨所取索，無不成章。余情蘙郁，方[③]不可枚舉，又何傷于長顑頷? 謇吾法夫前修兮，非世俗之所服。雖不周于今之人兮，願依彭咸之遺則。凡此擥根貫蕊，矯桂索繩，惟前修備此，世俗何來是事。吾謇然法夫前修者，實非世俗所服，固宜莫賞其芳，共以爲怪。然雖不合于今人，而吾所願依，自有彭咸之遺則在也。芳華内含，則言不輕發，法前修者自謇。服，事。周，合也。彭咸，商賢大夫，諫君不從，自投水。長太息以掩涕兮，哀民生之多艱。余雖好修姱以鞿羈兮，謇朝誶而夕替。君不向道，民生多艱。民艱不知，喪亡立至。彭咸所以苦諫其君。

---

① 此句上眉批爲：此以芳草比疏水之清芬。

② 此句上眉批爲：此以芳草比信姱練要，蓋見疏于君，益務修己，所以法前修也。

③ “方”，王本無此字。

我今長太息，至不敢卒哭而掩涕，正哀民生之多艱，務欲君之一悟，俗之一改。故雖夙昔好修，自問姱美，不敢馳騁其姱，略有一毫放縱。正如良馬之繮在口而鞿，絡在首而羈。即有諫爭，何嘗抗言無顧，特謇焉以誶之耳。庸知朝有誶，夕已替乎？掩涕收淚，圖進諫也。此不得于君，身猶在朝之日。鞿羈，喻不敢輕騁其良。誶，與“訊”通，諫言也。替，废也。替則不使在朝矣。**既替余以蕙纕兮，又申之以攬茝。亦余心之所善兮，雖九死其猶未悔。**[①] 古者待放臣之禮，賜之玦以示與訣之意。楚王于原，必無所賜，而身放山野，惟有結蕙爲纕。時復攬茝，以寄其閒，泄無聊之情。此即君之所賜，以之替己者矣。既替又申，絶之至再，不復見收可知。然蕙茝雖替己之物，而清芬可愛，亦余心之所善，即君恩之所存。故雖九死一生，其猶未以忠言獲罪爲悔，替余豈敢怨哉？**怨靈修之浩蕩兮，終不察夫民心。**所怨者，靈修經數化之後，今且至于浩蕩，如水之大潰其防，窮大失居，無所終薄，于邪正之民心，終不之察耳。**衆女嫉余之蛾眉兮，謠諑謂余以善淫。**[②] 蛾子眉最修，故女人眉美曰“蛾眉”。徒歌爲謠。楚謂“訴”爲“諑”。蛾眉本天質之美，而迹類冶容，衆女嫉之，遂以善淫相加。叶成音韻，爲謠以進其訴，所謂民心之難察也。**固時俗之工巧兮，偭規矩而改錯。背繩墨以追曲兮，競周容以爲度。**

---

① 此句上眉批爲：此以下，皆被放後之詞。

② 此句上眉批爲：此又以美女自況。君臣之交，相求若男女，相得如夫婦。故時以美人比君，時或自比，無所不可。如後文許多求女，明比求君。而蔽美嫉妬，蔽美稱惡，則又忽比及于己。總屬寓言，固不可拘而泥也。

借蛾眉誣以善淫，用謠言進其諑訴，可謂工巧矣。此固時俗之工巧，又何足怪①。然當察其所工巧者，果規矩繩墨是循乎。直偭規矩而改方爲圓、改圓爲方以錯置。直背繩墨而與木理之邪曲相追隨。惟爭苟合取容，以爲逢人利己之法度，民心之邪，一至于此矣。身背物曰“背”，面背物曰“偭”。**忳鬱邑余侘傺兮，吾獨窮困乎此時也。寧溘死以流亡兮，余不忍爲此態也。**忳，憂甚貌。鬱邑，氣不能舒發也。侘傺，坐立俯仰，俱無生趣，亦方言也。溘，奄也。流亡，如流之亡也。心忳然鬱邑，身無聊侘傺。獨有一余，職因衆競周容，是以己獨窮困，適際此時之故耳。若稍肯隨時，亦何至于此。然寧溘死流亡，此淫邪之態，實不忍爲。**鷙鳥之不群兮，自前世而固然。何方圓之能周兮，夫孰異道而相安?** 惟不爲此態，故必不見容，豈今之末世斯然哉? 鳥之能執伏衆鳥而鷙者，必不與凡鳥爲群。士之能執伏小人而賢者，定難與小人爲伍。蓋自前世而固然矣。譬諸器物，何有一方一圓，乃能周合者乎? 夫孰邪正忠佞，判然異道，而相安一處者乎? 我之被讒見替夫何辭。**屈心而抑志兮，忍尤而攘詬。伏清白以死直兮，固前聖之所厚。**自問必不周，必不相安，所以屈其心，不復求伸，抑其志，不復望揚。見尤于人，一概隱忍，詬辱之加，攘爲己有。②用卑伏其清白之操，以老死于直道之守而已。然若所爲者，惟前古之世。世有聖人，乃見親厚。固前聖之所厚，而非今時之可行也。

**悔相道之不察兮，延佇乎吾將反。回朕車以復路**

---

① “又何足怪”，此句之下王本有“言外見君當察之也”八字。

② “因其自來而取曰攘。詬辱之加，順受不辭，若攘爲己有也”，原脱，據王本補。

兮，及行迷之未遠。以前聖所厚之道，行于今時。我之相視道路，蓋已不察，亦嘗竊悔于心。爲之引頸以延，跂足以佇，將反而爲不犯難行之事。回朕車，復舊路，猶可及我行途迷謬尚未十分遙遠之時，不至與世牴牾，卒逢其禍。曰“不察”、曰“行迷”，皆反言寄慨。步余馬于蘭皋兮，馳椒丘且焉止息。進不入以離尤兮，退將復修吾初服。[①] 擬回車復路矣。余徐步余馬，已不覺于蘭之皋。縱馬疾馳，又不覺在椒之丘。任足所之，無非芳徑，則吾且將焉止息乎？因思以蘭椒之轍迹，向穢濁之人區，知進而必不相入，徒以之再離過尤耳。殆不如無回朕車，退而復修吾初年之素履也。製芰荷以爲衣兮，集芙蓉以爲裳。不吾知其亦已兮，苟余情其信芳。[②] 芰，蔆也。荷，蓮葉。芙蓉，即蓮花。花未放曰菡萏。修初服若何？非芰荷不屑被，製此爲衣。非芙蓉不屑婁，集此爲裳。衣裳芳潔如此，雖世不吾知，吾亦已矣。蓋吾之情實，苟已信芳，初不假于人之賞羿我也。高余冠之岌岌兮，長余佩之陸離。芳與澤其雜糅兮，唯昭質其猶未虧。岌岌，高貌。陸離，光采分散貌。冠尚其高，高之以至于岌岌。佩長爲美，長之以極其陸離。衣裳冠佩，芳香與光澤，雜糅其間。惟此昭明質直之初服，庶乎猶未少虧耳。忽反顧以遊目兮，將往觀乎四荒。佩繽紛其繁飾兮，芳菲菲其彌章。[③] 初服既修，何忍遺世而獨立。忽反顧以遊目，將往觀乎四方荒大之區。幸遇知己，

---

① 此句上眉批爲：以芳草比隨履皆善。

② 此句上眉批爲：以芳草比退修初服。

③ 此句上眉批爲：上衣裳冠佩並言，此獨言佩者。古人雜佩，以備衆多之用。從其有用于世者言也。

安知見替于前，不獲見賞于後。此時余佩較前更加繽紛，而其文甚盛，繁飾而其賁衆多。芳香之氣菲菲，彌覺章明顯著。以四荒之大，而余佩若茲，宜乎賞識有人，不難作合矣。**民生各有所樂兮，余獨好修以爲常。**詎知民生習尚不同，各有好樂之事。而余之所好，獨好修姱，且以爲常，終不變易。與民生所樂適相左，以是知其必不相投，終無遇合也。**雖體解吾猶未變兮，豈余心之可懲。**四荒無一同好，固應懲而改圖矣。然好修爲常之志，雖至屠戮支解，吾猶未變。豈舉世無徒，遂可以懲余心者。

**女嬃之嬋媛兮，申申其詈予。**女嬃，原姊。嬋媛，牽持眷戀之態。因其初服之守，堅執難懲，故嬋媛以牽戀，申申其詈之。蓋衆濁我清，衆醉我醒，一女子能知其不免。**曰：鮌婞直以亡身兮，終然夭乎羽之野。女何博謇而好修兮，紛獨有此姱節。薋菉葹以盈室兮，判獨離而不服。**此詈之之言。婞，悻悻自好。直，不知委蛇。不以壽終曰夭。鮌亦放臣，故以之借鑑。薋、菉、葹，三種皆惡草。盈室，喻滿朝。言婞直亡身，終夭羽山之野。鮌轍可鑑，汝何學問廣博，立心忠謇，而專務好修，紛然獨有此姱美之節，以來世之嫉妬乎？今舉朝無非惡德，薋菉葹以盈室矣。乃判然獨與彼異而不事其事。女嬃之言止此，語若未了然，蓋不忍言其究竟。**衆不可户説兮，孰云察余之中情。世並舉而好朋兮，夫何煢獨而不余聽。**女嬃同室至戚，尚不諒我忠君憂國之心。彼外人之衆，更不可户户與之解説。孰云察余之中情者乎？世方並起而好結朋黨，非其朋者蔑如也。煢獨如余，彼且曰“夫何煢獨”之有，而如是以不余聽，余復向誰説哉。凡人知有煢獨，猶或憐之而聽其言，至于夫何煢獨，必不之聽矣。**依前聖以節**

中兮，喟憑心而歷玆。濟沅湘以南征兮，就重華而陳詞。節中者，不同俗，亦不矯俗，節于中道也。憑心，悶滿懷也。沅湘，楚二水名。重華，舜號。舜葬九嶷山，在沅湘之南。舉世無告，惟有依前聖以節于中道，喟嘆悶懷以閲歷今玆。蓋清白死直，固前聖所厚，我舍此誰依？但節中之道，未知果當與否。我欲就前聖質之，而重華乃前聖之，近在九嶷。用濟沅湘以南征，就重華而陳我中情莫告之詞，重華其當有以鑑我。啓《九辯》與《九歌》兮，夏康娱以自縱。不顧難以圖後兮，五子用失乎家衖。[①] 此所陳之詞。啓，夏王啓也。《九辨》《九歌》，皆禹樂名。九州攸同，九土咸辨，故曰"九辨"。九功惟叙，九叙惟歌，故曰"九歌"。夏康，啓子太康也。畋于洛表，十旬弗反。有窮后羿，因民弗忍距于河。厥弟五人，御其母以從，傒于洛汭，五子咸怨，作五子之歌。衖，與"巷"通。家衖，謂宫中永巷。禹以後之废興，重華未及見，故自啓而一一陳之。言啓能繼禹，九土之宜仍辨，九功之叙仍歌。蓋借樂名以述啓之賢，非陳此樂名，及以其名屬之啓也。至太康娱樂自縱，不顧禍難以圖慮于事後，則五子用失乎家衖，而賢昆弟雖多無補。羿淫遊以佚畋兮，又好射夫封狐。固亂流其鮮終兮，浞又貪夫厥家。封，大也。亂流，不由川澮之流，喻羿之以亂易亂。羿既奪夏政，惟淫于遊觀，佚于畋獵，又好擇封狐自射之，國君而嬉于藝，國事盡废矣。是以其相寒浞，使家臣逢蒙，乘間殺羿，故亂流之鮮克有終。乃浞既滅羿，則又貪羿之妻，取以爲室。家，妻也。澆身被服强圉兮，縱欲而不忍。日康娱以自忘兮，

---

① 此句上眉批爲：原出楚宗，楚敗則宗亡。雖賢無救于楚，述古中寓意深遠。

厥首用夫顛隕。澆，即奡，寒浞子，羿妻所生，弑夏后相者。《詩》“曾是强禦”，言以强力禦人。此强圉，言以强力困人，意相仿也。澆恃多力，以强困人之事，如被服然，放縱人欲而不能忍。日康居娱樂，自忘其爲篡弑之人，卒爲相子少康所誅，顛隕厥首。夏桀之常違兮，乃遂焉而逢殃。后辛之菹醢兮，殷宗用之不長。夏桀所爲，常背于道，乃遂其惡而逢南巢之殃。后辛剖比干、醢梅伯，菹醢賢人，殷之宗祀，用以不長。湯禹儼而祇敬兮，周論道而莫差。舉賢才而授能兮，循繩墨而不頗。此言周之所以繼夏殷而興，非概論三后也。二王儼若，祇天敬民。惟周之論道，不與差池，故能舉天下之賢才，能者授之以政。百爲循守繩墨，不至偏頗，繼二代而王耳。皇天無私阿兮，覽民德焉錯輔。夫唯聖哲之茂行兮，苟得用此下土。可見皇天至公，無獨私一姓，阿比人主之事，必覽視下民之德堪輔助者，然後默錯其輔助之眷。夫惟聖哲茂盛之行，如禹湯文武，始誠得用此下土耳。瞻前而顧後兮，相觀民之計極。夫孰非義而可用兮，孰非善而可服。瞻前聖所由興，顧後王所自失，而以此相觀民之計極。夫孰非義之事，可用于世，非善之法，可服諸身者乎?計極，人事計謀之究竟。惠吉逆凶，善福淫禍，目前未見，其極無差。義以事宜言，善以心德言。用者，行于一事。服者，依以終身。阽余身而危死兮，覽余初其猶未悔。不量鑿而正枘兮，固前修以菹醢。阽，阽。危，殆也。鑿，所穿器物之孔。枘，削木端以入鑿者。惟非義必不可用，非善必不可服，君當秉此爲綱，臣當矢此爲節。所以阽余身而殆及于死，覽余初而猶未悔。余實以義謀國，以善匡君，恐恐乎皇天之無私，汲汲乎民生之計極也。

特臣之諫君，猶枘之入鑿，必量鑿之淺深廣狹，然後可以吾枘正之。余中情切激，未免不量鑿而正枘矣。然此固前賢之修，每以是葅醢其身，如比干梅伯者比比，則阽身危死，又何悔哉。**曾歔欷余鬱邑兮，哀朕時之不當。**曾，與“增”同。歔欷，竊嘆隱泣也。當，平聲。前修葅醢，無非生不逢時。今我增歔欷鬱邑，惟有哀朕時之不當而已，以明不敢怨其君也。所陳之詞止此。下“掩涕沾襟”，無陳諸重華之理，聖帝前詞可無體乎?“浪浪”句，如何作得束語? **攬茹蕙以掩涕兮，沾余襟之浪浪。**陳詞甫畢，涕泗滂沱，遂于重華墓邊，跪陳之處，拔含根之蕙以掩涕，而已沾襟浪浪矣。此賦而無比，不同他句芳草。

**跪敷衽以陳詞兮，耿吾既得此中正。駟玉虬以乘鷖兮，溘埃風余上征。**[①] 跪所以致敬，前詞皆跪陳者。跪而敷布其衣衽，賦中有比，今予其敷心腹腎腸之意，言以赤心告帝舜也。耿，光鑑也。舜之耿光，能鑑其得此中正之道也。玉虬，龍。鷖，鳳也。風起則塵生，故曰“埃風”。前聖中正之道，吾既得之，幸爲重華所耿鑑。自信不愧于天，可以驂龍駕鳳，奄然隨此埃風，上征天衢，且之帝所，一寫歔欷鬱邑之氣。**朝發軔于蒼梧兮，夕余至乎縣圃。欲少留此靈瑣兮，日忽忽其將暮。**軔，搘車木，欲行則發之。蒼梧，即陳詞之處。縣圃，在昆侖之上。瑣，門鏤也。文如連瑣，以青畫之，故號青瑣。靈瑣，則仙府神居矣。蒼梧縣圃，萬里遙程。朝發夕至，神速如此，誠之所通，無遠弗届也。我行如此其速者，我豈不欲少留靈瑣之間，徘徊休憩。但以日忽忽其

---

① 此句上眉批爲：自此以下，尤多寓言，與南華相類。

將暮，事有所急，不遑留處耳。**吾令羲和弭節兮，望崦嵫而勿迫。路曼曼其修遠兮，吾將上下而求索。**羲和，堯時主日之官，托之以號日馭。弭節，按節徐行也。崦嵫山，日入處。曼曼，遠貌。惟恐日之將暮，故令羲和按節徐行，雖望崦嵫之山，幸勿迫近其地。蓋以吾之路途，方曼曼修遠。吾將上天下地，求索美女，日暮斯難遍索矣，以比求索賢君也。**飲余馬于咸池兮，總余轡乎扶桑。折若木以拂日兮，聊逍遙以相羊。**咸池，日浴處。扶桑，日出處。總，結也。若木，即扶木，最柔順而文理。拂，拭也。逍遙相羊，從容遊玩之態。但令羲和弭節，猶恐難稽日輪。于是飲馬咸池，總轡扶桑，身就其所浴所出之地，折若木以拂拭之，而語之"聊逍遙以相羊"。無疾馳而遽暮，蓋撫懈大明之詞，非三閭聊以遨遊也。聖賢豪傑，惟以時日易邁爲憂，故承上而反復寓言，以極致其愛日惜陰之志，乃寓言中又有寓意。國有王，猶天有日。楚懷貪秦地，輕絶齊，信張儀，死異土，皆因剛愎鹵莽。三閭欲以柔順文理之若木，拂拭其舊染，令其逍遙相羊，然後能從容以詳事理耳。**前望舒使先驅兮，後飛廉使奔屬。鸞凰爲余先戒兮，雷師告余以未具。**望舒，月御。飛廉，風伯也。奔屬，奔馳而屬其後。雄曰"鳳"，雌曰"凰"，鸞其總名。鸞凰，謂雌者。先戒，先時約婚期也。雷師，雷神。未具，雨工未齊備也。拂日令逍遙，正爲及時求婚媾。男女合而成婚，猶之陰陽和而後雨，此又比中之比。月離于畢，然後滂沱，故前望舒使先驅。習習谷風，則以陰雨，故後飛廉使奔屬。鸞凰尤柔順文明，爲之先戒，當不至于婚媾有言。奈雷師告余以未具，何陰雨雷爲政，未具則無雨，而求索徒然矣。由日及月，由月及風雷。中間"鸞凰"句，遙應"乘鷖"，起下

“飛騰”。“先戒”云者，婚姻有期，陰雨亦有期也。此則文詞組織之妙。**吾令鳳鳥飛騰兮，繼之以日夜。飄風屯其相離兮，帥雲霓而來御。**鳳鳥，謂雄者。飄風，回風也。屯，難也。相離，與鳳飛所向相乖。御，迎也。承上“鸞凰先戒”，謂其雌不足以集事，其雄可托以致詞，故令飛騰而前，且窮日夜之力。豈知飄風難之，屯然與鳳相乖離，統帥雲霓之衆，來迎此鳳，是以其飛不前，而求索又徒然矣。鳳鳥至則聖王興。霓乃雨日交感之淫氣。飄風雲霓，則陰盛所現，如淫邪黨人，故兩以寓言。**紛總總其離合兮，斑陸離其上下。**承上“飄風雲霓”之象言。言此紛然以離，總總而合。時離時合者，雖采色陸離，然皆斑然判隔其上下，以明空際求索，絶無一遇之意。**吾令帝閽開關兮，倚閶闔而望予。時曖曖其將罷兮，結幽蘭以延佇。世溷濁而不分兮，好蔽美而嫉妒。**①帝閽，上帝之司閽。關，天關也。閶闔，天宫門。曖曖，日昏昧貌。罷，倦息也。空際求索無門，未知何方有女。庶幾置身無上，可以縱目遐搜。故令帝閽開關，倚閶闔而以予望之。望予，猶跂予之謂。舊説帝閽不肯開關，倚閶闔而望原，解錯。倚望多時，時且曖曖，將罷欲暮，而望無所得。于是取佩帶之幽蘭，理而結之，且結且延佇，蓋無聊之態耳。雖則無聊延佇，猶必自固芳香。賦中帶比，但見下方之世，溷濁不分好醜，絶無美者堪觀。非真無美，舉世好蔽人之美而相爲嫉妒，是以閶闔雖高，眺望雖久，不能望見美人顔色也。**朝吾將濟于白水兮，登閬風而緤馬。忽反顧以流涕兮，哀高丘之無女。**白水，昆侖神泉。閬風，仙山。

---

① 此句上眉批爲：此又隱然以美人自比。

絏，繫也。高丘，比王位。無女，比無賢君。倚望無得，將朝濟白水。登閬風之山而緤其馬，殆擬絶塵離世，獨作飛仙。乃忽焉反顧，不覺涕流，哀此高丘，竟無一女，豈不崇高削色，山谷空虛，必欲得其人。下文所以廣求遍索。**溘吾遊此春宮兮，折瓊枝以繼佩。及榮華之未落兮，相下女之可詒。**春宮，東方青帝宮。瓊枝，瓊樹之枝。榮華，喻美人顔色。又春宮景光，正榮華方發之候。下女，神妃侍妾。詒，遺也。不忍高丘無女，遂奄然遊此春宮，折取瓊枝，繼續其佩。遊春宮，爲折瓊枝。折瓊枝，爲繼佩。繼佩，爲及榮華未落時，相視神妃下女，有可托以詒此佩于神妃者，使之先達其情也。**吾令豐隆乘雲兮，求虙妃之所在。解佩纕以結言兮，吾令蹇修以爲理。**豐隆，雷也。虙妃，伏羲女，溺洛爲洛神。纕，帶也。蹇修，古之勤奔走，工詞令，善于媒妁者。欲托下女通情，先不知神妃之所在，即下女何從相視？故令豐隆求之。豐隆乘雲，則震行迅速無待，不緩于求。陽德無乎不通，必得所在。虙妃，帝祖未嫁之女，較娀女二姚尤貴高，所以先求，蓋以世無賢君，惟遠皇上古有聖帝明王，如伏羲、帝嚳、夏少康。而又借其女其妃作寓言，故先虙妃，次娀女，降及二姚也。既得虙妃所在，因解佩帶以結婚姻之言。惟恐言詞失理，又令蹇修理其結言之緒。**紛總總其離合兮，忽緯繣其難遷。夕歸次于窮石兮，朝濯髮乎洧盤。**"紛總總"前，以雲霓之象言此"以爲理"之緒言。蹇修千言萬語，如絲緒之多，或紛然而離，與妃判不相入；或總總而合，與妃似亦投機。或離或合之間，豈意忽然變卦，如染成五采之緯繣，各定于一色而不可遷移，非復蹇修所能動矣。言詞紛總，日中不決，不覺已夕。虙妃輒不顧而歸，歸而次于窮山之石間，來朝則且濯其髪于洧水盤旋之處。窮石其避幽僻，下文所謂“驕傲”。洧盤其俗素淫，下文所謂“淫遊”。**保厥美以驕傲兮，日康娱以淫遊。雖信美而無禮兮，來違棄而改求。**窮石之次，是保愛其美，簡倨以自驕，侮慢而傲我。洧盤之濯，是日安康娱樂，惟以淫遊爲事。顔色雖信乎美好，然禮無往而不答。我解佩命媒，殷懃若此，而絶我已甚，是無禮也。不如來而違棄之，改求他女。此求虙妃已不可得。**覽相觀于四極兮，周流乎天余乃下。望瑶臺之偃蹇兮，見有娀之佚女。**四極，四方盡頭。曰“覽”、曰“相”、曰“觀”，則遍視詳察無遺矣。閶闔倚望時，尚未周流乎天，今則周流乃下。瑶臺，砌玉爲臺，仙女群居處。偃蹇，美好衆多，若隱若現，不可枚舉之形。有娀佚女，高辛之妃，契母簡狄，娀國之女也。言四旁上下，周流覽相，無一可吾意者，惟望瓊臺偃蹇之處，見彼有娀氏有佚群之女，我欲求之。**吾令鴆爲媒兮，鴆告余以不好。雄鳩之鳴逝兮，余猶惡其佻巧。**鴆，一名運日，羽有毒，能殺人，比讒間毒人之子。雄鳩，即鶻鳩，善鳴而性輕佻巧利，比躁妄細人，不能與賢者作合。欲求娀女，令鴆爲媒。鴆慣行反間，先告余以娀女之不好，誣善如此，豈復可用？若使雄鳩鳴逝，則余猶惡其佻巧，多言無實，恐不任媒。**心猶豫而狐疑兮，欲自適而不可。**猶，犬子，主人行，則豫在主人之前，見主人未至，則又來迎，故謂不决爲猶豫。狐善疑，河冰合，必聽下無水聲而後過，故謂疑慮爲狐疑。鴆鳩俱不可使，無所决擇，是以猶豫狐疑，欲不藉行媒，自適女所，面求婚媾，則于禮又有所不可。**鳳凰既受詒兮，恐高辛之先我。欲遠集而無所止兮，聊浮遊以逍遥。**必欲良媒，其惟鳳凰。鳳凰難得，及既得之，則時日稽遲。急受命以詒瓊佩，恐高辛已先我而娶矣。彼鳳也者，知其已先，雖欲遠集瑶臺而無所托止。聊浮遊于遠近之表，以逍遙乎天際之翔，而受詒不且徒然乎？此求娀女又不可得。**及少康之未家兮，留有虞之二姚。理弱而媒拙兮，恐導言之不固。**未家，未娶也。有虞，舜後姚姓之國，以二女妻少康者。欲及少康未娶時，留此二姚。自問理不直于少康，則不壯而弱。理弱則媒妁之詞爲理屈，必不工而拙，恐雖有引導之言，不足固婚姻之約。此更不待往求，已逆知其無濟矣。**世溷濁而嫉賢兮，好蔽美而稱惡。**①往古名妃，悉成畫餅，至于當世，豈復堪言。正如閶闔望中所見，溷濁不分，惟賢是嫉，好蔽人美，轉稱爲惡。我從相觀四極，周天乃下而益悉其情狀者也。**閨中既以邃遠兮，哲王又不寤。懷朕情而不發兮，余焉能忍而與此終古。**閨中，即神妃所處。既深邃遼遠，不可復通，承上“求虙妃”至“導言不固”而總結之。哲王，指楚懷王，猶呼爲哲者，天王明聖之意。今又熟睡不寤，承上“溷濁嫉賢”而竊嘆之。其旨分承若此，其詞仍復一串。若謂閨中雖不可通，處閨中者如寤，則世雖蔽美稱惡，王猶能察外情。奈其又不寤何，所以使我懷忠藎之情，曾無發泄之地，余又焉能隱忍不發，與此讒佞之輩，雜居溷處于終古乎？古之所終，來日無盡，故曰“終古”，蓋意將他往耳。

**索藑茅以筳篿兮，命靈氛爲余占之。**藑茅，靈草。筳，小折竹也。結草折竹以卜，楚方言曰“篿”。靈氛，古之明占吉凶者，謂靈察氛祥也。意圖他往，未審吉凶，因索取藑茅，兼以折竹而篿，命彼靈氛爲之占之。**曰兩美其必合兮，孰信修而慕之。**

---

① 此句上眉批爲：此又以美人自比。

思九州之博大兮，豈唯是其有女。曰勉遠逝而無狐疑兮，孰求美而釋女。何所獨無芳草兮，爾何懷乎故宇？[①] 兩美，謂男女俱美，比君臣俱賢。靈氛之占曰：世有兩美，必然配合。美無兩，不合也。今此楚邦，孰是信實好修之人？而汝欲戀慕之，思九州廣博浩大，豈惟此有女？今汝唯曰：勉力遠逝，勿用狐疑。以汝之美，孰有渴思佳偶？惟美是求，于汝是釋者，此可爲汝信者也。至汝欲求美，美女隨方而産，猶芳草隨地而生，何所獨無？爾何懷乎故宇，不思遠逝乎？靈氛之言止此。世幽昧以眩曜兮，孰云察余之善惡。眩曜，目當曰“曜”，眩然不辨黑白也。聽靈氛之占心焉竊計，覺此世界幽昧不明，目皆眩曜。今我他往，客地異鄉，余之善惡，孰云能察？未必他邦，不猶吾楚。民好惡其不同兮，唯此黨人其獨異。户服艾以盈要兮，謂幽蘭其不可佩。覽察草木其猶未得兮，豈珵美之能當。蘇糞壤以充幃兮，謂申椒其不芳。[②] 此即楚人之極倒置。疑舉世之將毋同，故下文占雖吉而心尚疑。艾，哀敗不堪之草，非治病之艾，後蕭艾同此。盈要，滿腰也。珵，美玉名，廣六寸，光奪目。當，平聲。蘇，散也。糞壤，糞土。幃，香囊。魄壤入幃難克，必用蘇之。“户服艾”二句，指黨人不辨香臭。“覽察草木”二句，承上起下，君臣皆説在内。“蘇糞壤”二句，指君之不辨香臭、善惡所在。民好惡實有不同，未必皆好善而惡惡。然未有如若輩之反常者，惟此黨人爲獨異耳。艾之與蘭，其臭易辨。今則户户服艾，且至盈要，反謂

---

① 此句上眉批爲：豈唯是有女，言何地無君，何所無芳草。言何地無賢君，語似同而非複。

② 此句上眉批爲：此以不辨芳草，比不辨賢良。

幽蘭臭惡難佩，邪説下煽，上鑑亦昏。雖草木之臭味，覽察其猶未得，豈珵美當前，能勝其別識乎？遂至糞壤充幃，申椒反謂其不芳，同于服艾詆蘭輩之好惡矣。**欲從靈氛之吉占兮，心猶豫而狐疑。巫咸將夕降兮，懷椒糈而要之。**巫咸，古神巫，術更勝于靈氛者。椒，取其馨以降神。糈，尚其精以享神。目擊楚事如此，未知遠逝何如。故欲從吉占，中心未決，猶豫狐疑。巫咸夕將下，懷椒糈要之，欲其决靈氛之占，果當從否。**百神翳其備降兮，九疑繽其並迎。皇剡剡其揚靈兮，告余以吉故。**翳，日蔽貌。九疑，舜墓，其神尤尊。皇，百神九疑之總稱。剡剡，劍光如火貌。感椒糈之精意，百神附巫咸，蔽日遮天，翳然備降。九疑之神，亦繽然並來迎我，皆剡剡揚發其靈光。托巫咸之口，告余以靈氛所占之吉之故。**曰勉升降以上下兮，求矩矱之所同。**矱，度也。巫咸告曰：遠逝之占，吉果不爽，其故何居，汝之煢獨，特無與汝同其矩矱耳。汝當勉升降上下于四方，求汝矩矱所同，無爲曩者，不量鑿而正枘之事。**湯禹儼而求合兮，摯咎繇而能調。**摯，伊尹名。咎繇，即“皋陶”二字。湯禹儼然祗敬而求合德之人，一遇摯、咎繇，能即調和，矩矱同也。**苟中情其好修兮，又何必用夫行媒。**①苟中心情實，惟以好修，則君臣邂逅斯合，何必用夫行媒。摯、咎繇、説、望、戚，皆未有爲之作合者，承上以起下也。**説操築于傅巖兮，武丁用而不疑。**事詳《商書·説命》，説、望、戚皆于他邦遇主，故又先臣後君，與摯、咎繇變文言之，以爲原當去楚榜樣，用而不疑，亦矩矱同也。**吕望之鼓刀兮，遭周**

① 此句上眉批爲：前許多行媒，借巫咸語中一句撇卻。

文而得舉。太公嘗于朝歌之市，鼓刀屠爲生活計，遭文得舉，亦矩矱同也。甯戚之謳歌兮，齊桓聞以該輔。甯戚不見用于衛，退而商賈，宿齊東門外。桓公夜出，戚方飯牛，叩角商歌曰："南山粲，白石爛。生不遭堯與舜禪，短布單衣適至骭，從昏飯牛，薄夜半，長夜曼曼何時旦。"桓公聞之，曰："異哉！歌者非常人也。"後車載之歸，尊爲客卿。該總輔相之事，亦矩矱同也。及年歲之未晏兮，時亦猶其未央。恐鵜鴂之先鳴兮，使夫百草爲之不芳。①央，中也。《詩》"七月鳴鵙"，鵙鳴則陰氣盛，秋草枯。傳説諸人，皆于他方獲矩矱之同。今汝當及年歲之未老未耄，于建功立業之時，猶未過中，急急遠逝。恐鵜鴂先汝之逝而鳴，將使百草衰零，爲之不芳矣，以比小人道長，君子道消。巫咸之言止此。何瓊佩之偃蹇兮，衆薆然而蔽之。唯此黨人之不諒兮，恐嫉妒而折之。自此至終，備言其舉國無徒，禍將不免。央意遨遊世外，而終不忍故鄉，惟有自沈汨羅之一法。巫咸所告，如不其然。何今我之瓊佩偃蹇若茲，可爲盛矣。乃至舉國之衆，薆然蔽之。由此以思，不但蔽而遂已，惟此黨人，全無信實，正恐嫉我妒我，因而遂折斷之。蓋不諒之情，可以無所不至耳。薆，蔽甚貌。諒，信實也。時繽紛以變易兮，又何可以淹留。恐折我瓊佩者，正以此不諒之讒言，時時變易。極繽紛可聽，真所謂南箕貝錦，欲折我何難，我又何可淹留楚地乎？蘭芷變而不芳兮，荃蕙化而爲茅。何昔日之芳草兮，今直爲此蕭艾也。豈其有他故兮，莫

---

① 此句上眉批爲：前許多芳草，亦借巫咸語。一句總收，又起下文"盡變而爲不芳"。

好修之害也。[1] 如其尚可淹留，試觀今日之朝端，何人不變爲惡德。蘭芷則變而不芳矣，臭味全無。荃蕙更化而爲茅矣，面目俱改。此皆昔日芳草，何至今時，直爲此蕭條衰艾也，豈其别有他故？君子修姱，莫之或好，故相率而趍于不肖，職此之爲害耳。莫好修，不專指君，然君爲正。蕭艾，不得作草名解。昔日芳草，明承上四種，既化爲茅，安得又爲蕭艾。**余以蘭爲可恃兮，羌無實而容長。委厥美以從容兮，苟得列乎衆芳。**[2] 余初以幽香若蘭，必終可恃。何爲無蘭之實，但容之長。委棄其美以從流俗，苟且而得列乎衆芳之中。蘭芬在花，是其實葉繁而長，乃其容，以比毫無志節，衣冠偉然，一味磨稜，盜虚聲以附君子之列。**椒專佞以慢慆兮，榝又欲克夫佩幃。既干進而務入兮，又何芳之能祗。**榝，惡草。佩幃，比親君要樞。芳，原自況。椒辣而馨，力能勝穢，正與佞質相反。今則專于爲佞以慢怠慆淫，較不芳之蘭更甚矣。匪惟香種靡存，加之惡草競進，而榝又欲克夫佩幃。既干求以進，務入于幃。彼方恃其權要，自謂貴高，又何有于孑焉？孤芳望其能禮而祗之乎。**固時俗之流從兮，又孰能無變化。覽椒蘭其若茲兮，又况揭車與江離。**如流之從以下，今時之俗固然，又孰能自貞其德，無變化于時流者乎？覽視椒蘭，尚猶若此，又况揭車與江離，芳香有限，力量幾何，能不隨流以變化乎？椒蘭，比國之老成强力。揭車、江離，比國之小才下僚。**惟茲佩之可貴兮，委厥美**

---

① 此句上眉批爲：此以芳草比楚失節諸臣。

② 此句上眉批爲：舊説蘭無實，椒專佞，暗指子蘭子椒，恐未必如此顯然。且二子生而惡德，非其後改節者，豈肯直以蘭椒號之。

而歷兹。芳菲菲而難虧兮，芬至今猶未沬。兹佩，即偃蹇瓊佩。香氣濃郁曰“芳”，清幽曰“芬”。沬，没也。惟兹可貴，非原自誇，謂群小意中，惟恨兹佩獨貴。相形舉朝之陋賤，是以必不見容，委棄其美而歷于今兹。前委厥美，蘭之自棄；此委厥美，衆共棄之。歷兹者，見棄久①于時也。然委棄雖久，而其芳滿盛，菲菲難虧，其芬永長，至今未沬，以明宜自珍惜，不可淹留，輕爲人折。和調度以自娱兮，聊浮遊而求女。及余飾之方壯兮，周流觀乎上下。調，格調，如“同調”“别調”之云。芬芳固存，吾進退綽綽餘裕。何難和我鸞鈴輿衛之調度，用以自娱。心雖切于求女，聊且浮遊而求，得亦可，不得亦可。莫若前番固執，即借求女之意及余佩飾，方當壯盛。周流余迹，以觀覽乎上天下地之間。

靈氛既告余以吉占兮，歷吉日乎吾將行。②不及巫咸者，本靈氛吉占，特要巫咸决之耳。歷吉日，日之歷度逢其吉也。折瓊枝以爲羞兮，精瓊靡以爲粻。將行必豫餱糧，則折取瓊枝爲品味，精鑿玉屑爲儲糧。靡，屑也。此飲食之珍潔。爲余駕飛龍兮，雜瑶象以爲車。行糧既具，隨整乘輿。爲余者，命僕夫也。飛龍，龍馬。雜瑶象，以瑶玉象齒飾車也。此車馬之寶貴。何離心之可同兮，吾將遠逝以自疏。君臣上下，並皆與我離心，何可與之同居一國。故將遠逝以避其禍，不待彼之疏我，我自疏之。邅吾道夫昆侖兮，路修遠以周流。揚雲霓之晻藹兮，鳴玉鸞之啾啾。邅，轉也。黄河之水，發源昆侖。三閭楚

① “見棄久”，王本作“久見棄”。

② 此句上眉批爲：决意遠逝以後，旨愈微，音愈哀，而詞愈麗。

族，其源並出帝高陽。道昆侖者，業已離其末派，猶必溯厥本源。雖曰“自疏”，而親親之義益篤。不憚昆侖路，修遠以周流。只爲離心難同，去之惟恐不遠。然雖遠道周流，而車旗和鈴備極整暇。揚起雲霓之蓋，則晻藹可觀；鳴此玉鸞之鈴，則啾啾可聽。卒不以行遠，而違其調度也。雲霓，旗蓋如雲霓。藹，陰貌。揚旗晻日則藹矣。玉鸞，鈴之着于衡者，如鳥鳴啾啾，音韻清和也。**朝發軔于天津兮，夕余至乎西極。鳳凰翼其承旂兮，高翱翔之翼翼。**天津，析木之津。箕南斗北，天河界之，日月往來，必過此津。西極，極西日入處。既躋昆侖之巔，便接天津之界。下地則遭于修遠，上天遂可以風行。朝發天津，夕至西極，與日輪而並馳矣。只爲離心難同，去之不惟其遠，其行且極其速。然雖瞬息萬里，而乘風走輪，彌覺安舒。建旗車上，鳳凰儼翼以承。鳳飛翱翔，雖高極其翼翼，卒不以行速，而乖其調度也。一上一下曰“翱”，直前不動曰“翔”，兩翅均齊爲“翼翼”。**忽吾行此流沙兮，遵赤水而容與。麾蛟龍以梁津兮，詔西皇以涉余。**流沙，無定河邊沙，能陷人馬車駝，陷則千百無遺，永不復出。赤水，出昆侖東南陬，入南海，借以比血。遵赤水，如《易》“需于血”之謂。蛟龍純陽之物。梁津，爲梁于津上。少皞氏以金德王，西方盛德在金，故號西皇。我道昆侖而旗鈴若兹，至西極而翱翔如此，調度可爲康泰矣。豈知世途不測，忽然行此流沙，且即遵循赤水，足履奇險之區，必無幸免之事。然吾方容與自如，手麾蛟龍以梁津，口詔西皇以涉余。言能以陽剛之德爲梁津，用堅金之操而利涉，雖極險，其終奈我何？**路修遠以多艱兮，騰衆車使徑待。路不周以左轉兮，指西海以爲期。**奇險我雖不畏，路方修遠多艱。惟爾隨行衆車，料難勝此跋涉。急騰而前，使之徑路待我。我則路由不周之山以左轉，期于西海相會，指此爲期可耳。衆遇多艱之路，無不惟徑是趍。以衆車比世人之履，己則雖遇多艱，寧循不合于世之途。與世相左，必不由徑而舍其正路。西海茫茫，日入之處，生也有涯，同歸于盡，有不西海爲期者乎？彼騰車徑待，與我不周左轉者，亦一耳。篇將終而日至西極，詔西皇，指西海，皆矢死之詞，投江志已決也。**屯余車其千乘兮，齊玉軑而並馳。駕八龍之蜿蜿兮，載雲旗之委蛇。**屯，聚也。軑，車中之轄。八龍，八方之龍，龍德之大全也。蜿蜿，龍行不疾不徐貌。雲從龍，龍駕則雲旗載矣。作馬如龍，旗如雲訓，可；即以龍爲馬，以雲爲旗，亦可。承上“西海爲期”，而衆車復會，于是屯聚有千乘，齊玉軑而並馳之，不使參差失伍。所駕八龍，則馴擾而蜿蜿，所載雲旗，則飄揺而委蛇，以比己之才學富聚，如千乘多車，經綸整齊，如並馳玉軑。龍德全而極其調御，英華發而雲采爛如。**抑志而弭節兮，神高馳之邈邈。奏《九歌》而舞《韶》兮，聊假日以偷樂。**蜿蜿委蛇如是，無敢縱轡疾驅，亦因備歷多艱，姑抑心志，弭節徐行。然吾志雖抑，吾神則已高馳于邈邈之鄉，蓋志終不可降耳。惟神志高馳，所以非有夏之宫懸不屑奏，而奏者《九歌》；非有虞之干羽不足舞，而舞者《韶》樂，聊假未盡之日，偷爲娱樂而已。**陟升皇之赫戲兮，忽臨睨夫舊鄉。僕夫悲余馬懷兮，蜷局顧而不行。**[①] 升上，皇天也，即皇矣上帝之稱。赫，盛大。戲，顯明也。舊鄉，謂楚國。馬

---

① 此句上眉批爲：才若三閭，失志如此，他人必圖顯名異國矣。而卒戀舊鄉，仁至義盡，所以《騷》經爲詞賦之祖。後之學者，雖或肖其皮毛，而哀音亮節，可涕可歌，終莫能及。非獨才華過人，職以赤忠千古。

懷，戀群戀秣有所懷思而不前。蜷局，以身蹲曲也。惟高馳邈邈，故由王而帝，神馳歌舞之間；更由帝而天，神馳赫戲之表。陟升皇之赫戲，則下地無不照臨。忽見舊鄉，因而睨視。睨視者，有所不忍正視也。此時余馬實懷，僕夫用悲矣。人是舊鄉之人，馬亦舊鄉之馬。臨睨其處，馬尚懷思，而况于人乎？用蜷局其身，惟舊是顧，不肯復行。馬懷僕悲，余將安往哉。

亂曰：已矣哉，國無人莫我知兮，又何懷乎故都。既莫足與爲美政兮，吾將從彭咸之所居。亂，樂節名。凡歌詞至終必有亂。已矣哉，蓋至此而絶望也。楚君臣無一賢者，直無人也。其誰知我，我又何懷此故都乎？放废有年，苟延朝夕。不過尚懷故都，不懷死已久矣。抑且自惜其才，能爲美政，死則徒然。今既莫足與爲，生亦何用？將從彭咸之所居，依其遺則而已。自“帝高陽”至“攬宿莽”，序己之生質不凡，而好修無己，爲一段。自“日月不淹”至“前王踵武”，述己之忠君念切，而急欲成君，爲一段。自“荃不揆余”至“衆芳無穢”，言君之信讒疏己，而前功盡棄，爲一段。自“衆皆競進”至“朝誶夕替”，是不爭寵利，惟法前修，雖疏不忘諫君，因而遂遭放废，爲一段。自“替余蕙纕”至“昭質未虧”，是雖遭放废，甘心困窮，卒不改圖，而益修初服，爲一段。自“反顧遊目”至“夫何煢獨”，是初服加修，望有知者，而至戚外人，無一可告，爲一段。自“依聖節中”至“耿吾既得”，是訴諸重華，援古証今，而情詞中正，聖帝鑑之，爲一段。自“駟虬乘鷖”至“蔽美嫉妬”，是求索美人，空際經營，天門眺望，而杳無所得，爲一段。自“朝吾將濟”至“導言不固”，是哀今無美，求古名妃，而帝室王家，遭逢不逮，爲一段。自“溷濁嫉賢”至“與此終古”，是總結前文，往古今玆，皆成夢幻，而中情難忍，無所適從，爲一段。自

“索瓊茅”至“百草不芳”，是往卜諸神，勸其遠逝，心猶不決，復問巫咸，而吉占不爽，爲一段。自“何瓊佩”至“吉日將行”，是參透朝局，自珍修姱，深信前占，决意遠行，爲一段。自“瓊枝爲羞”至“假日偷樂”，極言遠逝之勝，無遠不可届，有險不足憂，真堪娱樂，爲一段。自“陟升皇”至終，則終不忘楚，死于其地以明臣節也。詞賦之體，從此而創。後人效之，雖宋玉，已遜十之六七，何况漢代諸家？蓋他人詞勝于理，段落特分有字句中。屈子理勝于詞，轉折都藏無字句處。是故讀屈詞，如聽琴音。此篇如《秋鴻》三十段，備極《廣陵散》之遺韻。他篇雖妙，亦特《瀟湘水雲》《洞天春曉》《陽春白雪》《夢蝶御風》諸操而已。余僻琴，家貧無以整舊桐，又厭時琴，每以此當之。

# 屈辭洗髓卷之二

荆溪徐焕龍友雲甫著

## 九歌

楚俗祀神，樂章多俚鄙。原放山野，因與更之。歌曰“九”，篇十一者。《國殤》《禮魂》，特附《九歌》之後，不在九數之中。

### 東皇太乙[①]

天神最尊曰“太乙”。祠在楚東偏，故號“東皇”。

日吉兮辰良，穆將愉兮上皇。撫長劍兮玉珥，璆鏘鳴兮琳琅。祭必卜日，故曰“日吉”“辰良”。舊説甲乙日，寅卯辰，務與東皇合德。太泥。穆，深遠貌。愉，悦豫貌。將者，揣摹而不敢直斷之詞。上皇，即太乙。珥，劍鐔。璆琳琅，三種玉名。

---

① 標題上眉批爲：首節恍忽之交，如見所齊。次節供設品味之盛。末節歌舞音容之盛。東皇神最尊，故歌詞亦極肅穆，更不比他歌。

鏘鳴，玉佩聲。言于此日此辰，恍見穆然深遠，殆將愉悦以來歆者，此上皇也。所撫則長劍，玉爲之珥。鏘鳴則璆玉，錯以琳琅，皇靈豈不赫濯乎？舊説謂是主祭者之敬容盛服，切楚俗淫祀，不必君卿家始祀東皇。玉珥璆琳，編户曷具，況承祭曾無撫劍之事，且但可穆然致敬，安得有愉。**瑶席兮玉瑱，盍將把兮瓊芳。蕙肴蒸兮蘭藉，奠桂酒兮椒漿。**席，所設神位。瑱，所以鎮席。盍，與“合”通，《易》“朋盍簪”可证。把，持也。瓊芳，芳草如瓊之珍，合之而後可持以舞。肴，骨體蒸進也。裹之以蕙，又藉之以蘭也。奠，置于神前也。投桂于酒，入椒于漿，皆所以極致其馨香也。言皇靈赫濯如此，我其曷敢褻越。是用設瑶玉之席，又玉瑱鎮之，所合而將持以舞者瓊芳。蒸進則蕙肴蘭藉，奠置則桂酒椒漿。**揚枹兮拊鼓，疏緩節兮安歌。陳竽瑟兮浩倡，靈偃蹇兮姣服。芳菲菲兮滿堂。五音紛兮繁會，君欣欣兮樂康。**揚，舉也。枹，鼓槌。拊，擊。疏，發也。緩節，如今時慢板曲。安，徐也。竹音莫弘于竽，絲音莫繁于瑟，言此以該衆器。倡，與“唱”通。楚人號巫爲靈子，言是神靈之子。姣，好貌。君，指太乙。言舉枹擊鼓，發兹緩節，節緩而其歌安徐。先從容以樂神聽，繼之陳列竽瑟，浩然唱嘆，放聲大作以樂之。靈巫偃蹇然而姣服，且歌且舞。此時椒桂蕙蘭，芳盈樽俎，所持以舞，又復瓊芳，則菲菲滿堂矣。人聲竽瑟，各具五音，無不和諧，畢集以奏，則紛紛繁會矣。君其欣欣然樂而康之，嘉賓式燕又綏之意也。

## 雲中君 玩一“中”字，又列司命、東君之先。或者未必即是雲神。

**浴蘭湯兮沐芳，華采衣兮若英。靈連蜷兮既留，爛昭昭兮未央。**[1] 蘭浴芳沐，極致其潔，非閑常之沐浴也。華采衣，衣備五色也。若英，色如花也。雲有五采，故巫亦衣五采以爲之憑依。靈即巫。連，長。蜷，曲也。巫容既長且曲，如《詩》“抑若揚兮”之意也。留，待也。爛，庭燎未央。然未過中也，燎始然與將盡，不若未央時最明。言此沐浴采衣之巫，其容連蜷，亦既留待于此，以候神之降。而庭燎之爛，方昭昭未央。我之所以御神者，可爲誠敬而明盛矣。此神未降而御之之詞。**謇將憺兮壽宮，與日月兮齊光。龍駕兮帝服，聊翺遊兮周章。**[2] 謇，發語詞。憺，安樂也。將憺，亦上篇將愉意。壽宮，神居處。既曰“雲中”，則無瓊宮玉殿可名。神居惟與天地同久，故以壽名之。舊解謂是供神之處，神且憺然安樂下其宮。將下龍駕翺遊，言不幾于錯雜無序乎。日月之光，必麗于雲，是以日月普照，雲光亦萬方，日月貞明，雲光並千古，所謂齊也。周，遍。章，明也。言神憺然壽宮，光齊日月，故能隨鑑我之精意，來格不遲。駕飛龍之駕，服天帝之

---

① 此句上眉批爲：雲想衣裳，即從“華采若英”句來。

② 此句上眉批爲：曰“華采衣”，曰“壽宮”，曰“日月齊光”，曰“猋遠舉”，曰“横四海”，語語雲中君，移向他神不得。

服，聊翱翔以遊于下地，下地之間，其光周遍章明矣。此神鑑之而降臨也。**靈皇皇兮既降，猋遠舉兮雲中。覽冀州兮有餘，橫四海兮焉窮。思夫君兮太息，極勞心兮忡忡。**靈，前謂巫，此謂神。蓋既降之後，神即巫，巫即神矣。皇皇，即上龍駕帝服周章之觀。猋，疾發如烈火之炎也。楚南冀北，相去數千里。又帝都在冀，天下之中，故以冀州言。橫，橫行無阻礙也。君，即神。思，王祭者思之。忡忡，心若虫飛之薨薨，不獲靜休而無所終薄也。言靈皇皇既降，方意其既肯來歆，或者能從容下地。誰料猋然遠舉，目不及瞬，已復雲中。從雲中覽視冀州，冀州何足當其一盻，光明所照，正自有餘。四海橫沖，惟神是屆，夫又焉窮。神之去來不測，廣大無邊若此，使我意欲留君何法。留，即欲送君。何處送？惟有思君而長太息。極勞我心，至于忡忡而已。此神既去，而慕思之不置也。

## 湘君[①] 舜正妃，堯長女娥皇也。舜崩蒼梧，二妃哀思，卒于湘水之地。其神在湘，故號“湘君”，非死爲湘江水神。

君不行兮夷猶，蹇誰留兮中洲。美要眇兮宜修，沛吾乘兮桂舟。令沅湘兮無波，使江水兮安流。望夫君兮未來，吹參差兮誰思。君，即湘君。夷猶，犬子夷伏于地以待主人，義同“猶豫”。蹇，亦語詞。美，謂女巫。祭者湘君，巫亦用女。要眇，美之態。宜修，謂宜于修飾，如《詩》云：“象服是宜。”沛，沛然而行也。吾，主祭者自吾。參差，洞簫名，言其管多而長短不齊。祭所張樂，獨舉參差者，賦中有比，比神意似與己參差。言君今不行而來格，我心夷俟而如猶。豈有人焉，留君于洲之中，而果伊誰乎，君亦焉誰而留中洲耶？彼巫之美，要眇宜修，堪君憑降。又沛吾乘，桂舟香潔，用以迎君。君其令彼沅湘，無興波浪。使二江之水，各安其流，舟行無殆，便可泰然前御。乃望夫君而未見君來，徒然吹此參差，欲徼神聽。正不知君今何所，將于誰處思君耶？

---

① 標題上眉批爲：楚俗淫祀，湘君湘夫人，功德不相照臨，精意無從感召。祭非其鬼，焉得來歆？所以二篇之歌，皆以神不見答，勞心無益爲詞。是謂中倫之言，未必借此以慨君不答己。蓋《九歌》非《離騷》諸篇比。諸篇自寫憂思，無所不可寓言者。《九歌》神將聽之，而專以鳴其不平。是即慢神，三閭未必出此，但忠愛血腸，遭此放废，出口便成哀怨，似言言寓慨耳。不然，“東皇”“雲中”篇，何又絶無感慨耶？

“誰留”“誰思”，兩“誰”字，皆不可度思之意。非自明衷曲，不思君而誰思之謂。**駕飛龍兮北征，邅吾道兮洞庭。薜荔柏兮蕙綢，蓀橈兮蘭旌。望涔陽兮極浦，横大江兮揚靈。**“駕飛龍”句，以神言。水行龍翼舟，陸行龍驂馭，神道固然耳。洞庭湖，在沅湘之北。柏，行舟之楫。綢，所以縛柏于舟，便激揚者。橈，小楫也。旌，建于舟上以覘風者。涔陽，江碕名。極浦，浦盡際也。曰“大江”，則是江淮之江，更在洞庭之北，非復楚南諸江矣。承上“誰思”而言，言意者君其駕，飛龍而北征乎。則吾亦以迎君之桂舟，轉吾道于洞庭，且吾以迎君之故，非特桂舟是乘。薜荔爲柏，蕙爲綢，蓀爲橈，蘭爲旌，無所不極其芳潔，而君不我顧何哉？吾從涔陽望君，望至極浦，見彼大江之中，君方横肆以揚發其靈光，是以未及來而顧我耳。**揚靈兮未極，女嬋媛兮爲余太息。横流涕兮潺湲，隱思君兮陫側。**極，事之有所止極也。女，即要眇宜修之女，舊説屬之旁觀者。何獨言女，豈不突如其來？陫側，神魂顛倒貌。言君之揚靈，若有所止極，方能暇而顧我。奈揚靈未極，曷云能來？即後文“告余不閑”伏根之句。惟彼女巫，亦憐求者迫切，應者渺茫，不忍舍余而去，用牽持眷戀，嬋媛然而爲余太息。女尚爲余太息，余涕能無横流？于是乎如水之潺湲矣。涕潺湲者何？凡人有思，可告諸人，其思猶顯，難于告語，是謂隱思。今我之思君，語不能顯，隱思君而神魂至于陫側也。惟其隱思，下文所以如怨如訴。有比詞，無顯賦耳。**桂棹兮蘭枻，斫冰兮積雪。采薜荔兮水中，搴芙蓉兮木末。心不同兮媒勞，恩不甚兮輕絶。**棹，亦楫。枻，船旁板。是節皆比，而桂蘭薜荔，字面承上“荔柏”“蓀橈”等句，連類生詞，令人莫辨。其爲比爲賦，文陣迷人入妙。言桂棹蘭枻，舟極芳香，奈遇嚴寒厚凍，斫起堅冰，紛如積雪，咫尺難行，徒勞何益？ 以比祀事潔芳，求神困苦，終于無路可通也。 薜荔當采諸山，今采之水中，何來薜荔？ 芙蓉當搴諸澤，今則搴于木末，豈有芙蓉？ 以比己之求神，皆如緣木求魚也。 男女之心不同，則行媒徒勞，交與之恩不甚，則輕于斷絶，以比神之棄己。如求匹者之非其婚媾，交淺者之相棄如遺也。 斫冰積雪，若怨天；水中木末，若怨己；媒勞輕絶，若怨神。 言之無倫，足見悱惻。 **石瀨兮淺淺，飛龍兮翩翩。 交不忠兮怨長，期不信兮告余以不閑。**“交不忠”二句，亦比詞。“石瀨”二句，則又興起此比詞。 而“飛龍”，則又以石瀨之形似言之。“怨長”“不閑”，則又因“淺淺”“翩翩”觸及人世之情態。 詞旨折而又折，較“斫冰”諸句尤難玩。石瀨，石上之湍瀨。 深處瀨流，不見其疾，瀨行石上，惟其淺淺。其流疾飛，宛飛龍之翩翩矣。 試觀曲澗湍泉，澗中石子鱗砌，水從淺面奔飛，狀與飛龍何異？ 人世交與不忠誠，則其怨必長。 咨嗟嘆恨之無已，若瀨聲之潺潺不斷矣。 期約不信實，則必告我以不閑暇。疾行無顧之情景，若瀨流之不能停待矣。 怨長比己，不閑比神。 比及于“交不忠”“期不信”，則怨神之不己答者，更甚于媒勞輕絶。 惟其慕之殷，所以怨之甚也。 **鼂騁騖兮江皋，夕弭節兮北渚。鳥次兮屋上，水周兮堂下。** 鼂，即朝。 自“君不行”至“揚靈未極”，是以舟迎神，神不來。 自“女嬋媛”至“告余不閑”，是神不答，而反復嗟嘆。“沛吾乘”“邅吾道”“望涔陽”，皆以迎神之舟言。其身則在祭所，此則身往水濱求神之在，而希得其影響。 朝，謂候神不至之來朝。 然皆意想結成之幻象，而非實有其事也，并下“捐玦遺佩”亦然。 直馳曰“騁”，亂馳曰“騖”。 騁騖江皋，求之急矣，弭節北渚，索之詳矣。 自朝至夕，求索久于其時矣。 但見日之已夕，鳥倦飛而次于屋上，舟莫行而水周堂下。 神之影響，茫無睹也，余將奈之何哉？ 捐余玦兮江中，遺余佩兮澧浦。 采芳洲兮杜若，將以遺兮下女。 旹不可兮再得，聊逍遙兮容與。 澧，楚水名。 芳洲，芳草之洲。 旹，即時。 謂所卜祭日，求神並無影響。不得已捐玦江中，遺佩澧浦，若棄捐而墜失者然，以冀神之或者收之。然神未必遂知其意，則又采芳洲之杜若，將以遺神之侍女，托其達意于神。 曰“吉日良辰”，一歲有幾，君其可聊逍遙以容與乎？ 蓋不敢直請其來歆我祀也。 舊説神不見答，聊自逍遙容與，謬。

**湘夫人** 堯次女女英，舜次妃也。夫人，降于君之稱，並從其生前之位號。

**帝子降兮北渚，目眇眇兮愁予。嫋嫋兮秋風，洞庭波兮木葉下。**[①] 帝子，即夫人。眇眇，斂目以望遠也。目張則光散，斂則光聚，而遠地可見。言帝子于今意者，其降于北渚乎。遂目眇眇而望之，無所獲睹，用是愁予矣。忽見嫋嫋然摇曳以來者，心疑其爲帝子來也，而特秋風也。風起而波生洞庭，下飄木葉也。秋風湖波落葉，豈堪送入愁人眼？**登白薠兮騁望，與佳期兮夕張。鳥何萃兮蘋中，罾何爲兮木上。** 白薠，秋生水草，雁所食。騁望，縱目也。佳，謂夫人。張，陳設也。蘋，澤中之草。罾，取魚之具。陸地望帝子，杳無所見，更涉廣川，借白薠以托足，登而騁目望之。姑從空際，暗與佳期，吾夕將祗灑掃，施幄帳以待佳也。一則與期，一則自忖。蘋不栖鳥，鳥何萃兮蘋中？緣木無魚，罾何爲兮木上？以比己之夕張，如以蘋徼鳥，設罾于木，雖期而佳豈能來。**沅有茝兮澧有蘭，思公子兮未敢言。荒忽兮遠望，觀流水兮潺湲。** 沅茝澧蘭，比而非興。公子，亦夫人，既帝子。又公子者，堯雖奄有四海，起自侯服，如秦既稱皇帝，其子猶號公子也。言己之心志齊潔，品味芬芳，如沅之有茝，澧之有蘭。思公子

① 此句上眉批爲：秋風上加“嫋嫋”，非止狀風，并湖波落葉中有許多疑鬼疑神。而句朴情深，較蒹葭白露，更覺悲涼。

而欲薦其馨，惟恐瀆神，輙未敢以芳潔告耳。承上“夕張之期”，揆諸理而弗當，故未敢言也。義本淺顯，神味悠然，使人捉摸不着，竟不知“未敢言”者何語。惟思而至于未敢言，是以誠意之結，亦慌忽乎如見所思。似不若目眇眇，登白蘋時之茫乎無睹。及因玆慌忽，更從而遠望，則又但見流水潺湲而已。**麋何爲兮庭中，蛟何爲兮水裔。朝馳余馬兮蘭皋，夕濟兮西澨。**水裔，支河也。澨，水涯也。慌忽既定，復自忖量。麋必走山谷，何爲至庭中？蛟必在江河，何爲遊水裔？今我之望神之來，猶夫望麋來庭，望蛟來裔耳。與前“鳥何萃”句，意略同而義加深。前則與期之，初疑其未必能來，此從慌忽之後，嘆其果不能來。又麋蛟山澤大物，非同恒見之鳥魚。夫人冥漠尊靈，不若易歆之鬼神也。彼必不來，其吾往而求其在乎。于是朝馳蘭皋，既求諸山，夕濟西澨，又求諸水。**聞佳人兮召余，欲騰駕兮偕逝。築室兮水中，葺之兮荷蓋。**佳人，謂夫人。蓋屋曰“葺”。正欲求佳，忽聞佳召，不勝踴躍。遂將騰西澨之駕，隨召使而偕逝。逝則吾且築室于水中，葺之以荷蓋。蓋既不能致神而祀之，欲因其召己爲神效。堂構之勞，備極芳香，以冀神之樂而居之也。舊説謂將附居神處。下文何取如此鋪張，且似神有定居，向來離帝舜而别館他方矣。曰“聞”、曰“將”，總是積思所幻。幻出妄聞，因設妄想，又幻九嶷並迎之妄見。**蓀壁兮紫壇，**[1]既荷蓋矣，又以蓀爲壁，以紫爲壇。紫，紫貝也。壇，中庭也。**匊芳椒兮成堂。**匊，古“播”字。播布芳椒以成大堂。**桂棟兮蘭橑，**以桂爲棟，以蘭爲橑。蘭，謂木蘭。橑，堂椽也。

---

① 此句上眉批爲：妄想幻境，言之偏極，熱鬧周詳。

辛夷楣兮药房。以辛夷爲楣，以药芳其堂内之房。辛夷，香樹。楣，門户上横梁。药，白芷之葉。罔薜荔兮爲帷，擗蕙櫋兮既張。堂房既成，用張帷幄，則罔薜荔以爲帷，擗蕙而櫋之以爲幄。罔，與“網”通。帳旁曰“帷”。擗，析之。櫋，聊之也。白玉兮爲瑱，疏石蘭兮爲芳。帷帳既張，因而布席。則白玉爲鎮席之瑱，疏石蘭爲席上之芳。石蘭，香草。陳席前者多，故疏而列之。芷葺兮荷屋，繚之兮杜衡。室中雖已備美，恐荷蓋之屋尚未極其芳香，復以芷葺兹荷屋。葺上加葺，務使芳而益芳。又恐前荷後芷，葺處不無罅隙，更繚之以杜衡。繚，綢繆也。合百草兮實庭，建芳馨兮廡門。九嶷繽兮並迎，靈之來兮如雲。百草，總上荷蓀諸品。實庭，謂香氣充積于庭。建，樹也。馨，香氣遠聞也。廡門，堂下周屋。靈，九嶷衆使。言我合百草以實其庭，所樹之芳，其馨直徹乎廡門。此亦堪作神居，可以幸徼神眷矣。孰意九嶷之使，繽然而來，並迎二妃。靈之來者，如雲之盛，神其曷屑此居，而亦曷遑顧我，我將奈之何哉?《騷》篇“並迎”，與百神並來迎己。此“並迎”，迎湘君，並迎夫人也。捐余袂兮江中，遺余褋兮澧浦。搴汀洲兮杜若，將以遺兮遠者。時不可兮驟得，聊逍遥兮容與。袂褋，稍次于玦佩，君與夫人之别耳。遠者，即下女，因其隨夫人而遠去九嶷也。祭日須徐擇，不可驟得。歌闋與前篇無異義，正見雖祭無益等耳。不知者謂未加檢點而複，真門外漢語。

**大司命**　《周禮·大宗伯》有司命之祀，疏云："三台星上台曰'司命'。"又"文昌第四宫亦曰'司命'。"故有兩司命，未知果是。

**廣開兮天門，紛吾乘兮玄雲。令飄風兮先驅，使凍雨兮灑塵。**① 司命在天，非開天門不降。吾，主祭者自吾。乘，迎神之車。天色玄，車亦尚玄以合其德。凍雨，雨凍成珠，墜地則化水而塵不起。言大闢而廣開者，此天帝之門。神之將降可知，急以乘迎之。而吾乘紛然，如玄雲以衆盛。車雖衆盛，惟恐行之不速也。飄風急疾，令其爲我先驅。風能起塵，又懼塵之及神也。凍雨不淫，使之灑塵清道。**君迴翔兮以下，逾空桑兮從女。紛總總兮九州，何壽夭兮在予。**② 君與汝，皆謂神，君尊之，汝昵之也。迴翔，盤旋也。空桑，山名，取太極無始之義。命自太極無始來，非逾空桑，不能從司命，亦寓言。予，神自稱。蓋贊嘆神功，代爲之自言情狀之詞。言我紛乘如雲，佐之風雨，迎者方皇迫，乃下者甚從容，見君迴翔以下矣。君之未下，無路從君，君今既下，曷憚空桑之渺茫？我欲逾之而從汝，不憚空桑從汝者何也？試問君之功化，君雖不言，獨不曰此紛然繁散，無不總總之九州。何壽何夭，有不惟予是主者乎？在予而已。**高飛兮安翔，乘清氣兮御陰**

---

① 此句上眉批爲：雲乘非風不速，風塵必雨清之。詞家針綫之祖。

② 此句上眉批爲：九州壽夭在予，不但司命，是大司命。

陽。吾與君兮齊速，導帝之兮九坑。[①] 清氣，謂純陽之氣。陽清陰濁，陰不能御陽，陽能御陰，則兼御陰陽矣。帝，謂天帝。坑，與“岡”通，謂九州之鎮山，會稽、衡、華、沂、岱、岳、醫無閭、霍、恒也。九州壽夭在予，神權甚赫，神職幾皇矣。然而有司命之尊，無造命之勞。君之神行蒼昊者，方之于鳥，其飛愈高，其翔愈安。又承上“迴翔”生句，所以高飛安翔。職由君之所乘，乃純陽至清之氣，而以此御夫天地間一切陰陽之變化，是以其神旡方，其行不疾而速也。吾能空桑從汝，則亦與君齊其神速，與君齊速，則亦能如君之導引天帝，遍之九坑，贊天工于無外矣。學能至命，贊化何難？空桑從女，與君齊速，皆求至于命而不勝欣慕之詞，即頌神以寓言者。靈衣兮被被，玉佩兮陸離。壹陰兮壹陽，衆莫知兮余所爲。[②] 靈衣，若無縫天衣之類，而不同于凡衣。被被，長貌。二句可作司命洋洋如在之相，亦可作天帝垂衣佩玉之容。作司命，則云今之下康禋祀者，靈衣被被以長。玉佩陸離而采，威儀之盛，色相之莊，人可擬議而知。至合宙之間，一陰一陽，生生不測誰爲爲之。有此變化，則皆余所爲而衆莫之知矣。作天帝，則云惟此時巡九坑之帝，但見其靈衣被被，垂衣裳而端□[③]。玉佩陸離，鏘鳴佩以無爲。何以一陰一陽之變化，鼓鑄萬物于無外，循環千古而有餘。蓋實有司之者，舉世之衆，曾莫知其余所爲也。折疏麻兮瑶華，將以遺

---

① 此句上眉批爲：王者時巡方岳，則知天帝亦時臨九坑，言似誕而非誣。

② 此句上眉批爲：贊嘆凡三，屢進而微。“何壽夭”，莫外之功，“乘清氣”，神功之本。“一陰一陽”，則生生之妙。

③ 此處字跡漫漶不清。

兮離居。老冉冉兮既極，不寖近兮愈疏。①疏麻，神麻。瑶華，仙華也。寖，漸也。此追述其積誠之愫，無路可通于神。今幸神臨，可以漸近，蓋惟恐其速去而哀籲以留之。言我向者折疏麻與瑶華，將以遺君。奈天人路隔，君居於穆之鄉，我囿形骸之内，其居實離，欲遺無從。光陰冉冉，我今老且既極，而不及君之降。一寖近君，覿面失之，則我之所以疏君者，較離居之疏愈甚矣。君其爲我少留，假我片時寖近之緣乎。曰“寖近”者，尊之之至，不敢遽相親昵也。疏麻，比疏通中條理。瑶華，比温潤中英華。德性具有此美，而于達天知命，尚苦無階可升，則離居之比也。朝聞道，夕死可，老將至矣。不能漸親乎性命，將與性命之理，日遠日疏，生無以生，死何以死。詞旨最微。乘龍兮轔轔，高駝兮沖天。結桂枝兮延佇，羌愈思兮愁人。轔轔，車聲。結桂枝者，結速多枝，聚其香于祭所也。桂香神所歆，故降神以桂酒。既祭神去，何敢復灌以要再降。但結桂枝，希幸神之聞馨回顧耳。哀籲留神，忽焉乘龍以去。轔轔之轍，高馳遂直沖天。急結桂枝，冀其復顧，而竟不可得，徒令人延頸佇足以思，則愈思而愁人矣。羌，語詞。蓋凡思皆可排遣，獨命之既去，誰能不愈思而愁。愁人兮奈何，願若今兮無虧。固人命兮有當，孰離合兮可爲。無奈愁何，惟有自修厥德，無令有虧，願若今之無虧焉耳。不曰“自今”，曰“若今”者，人能顧諟天命，若今承祭，一時命去，而愁之一會，何來

---

① 此句上眉批爲：語語慕神，語語慕性命。節節言祭，節節言學問。結句指歸尤顯，修身以俟，其如命何？無一不在語中，直入孔孟門牆，豈曰騷人才鬼？

私欲，曷敢惰偷，率此以常，自無虧缺。至于人生之命，固各有應當，夫孰一離一合，可以人力爲之者乎？語該一切生死窮通，然亦就神之去來，倏分離合爲言，所爲言近指遠。

## 少司命[①]

**秋蘭兮麋蕪，羅生兮堂下。緑葉兮素枝，芳菲菲兮襲予。夫人兮自有美子，蓀何以兮愁苦。**“夫人”二句，乃比詞，上四句，興此比詞。麋蕪，芎藭也。緑葉，謂蘭。素枝，謂芎。予只作凡人自稱，不必主祭者自予。夫人，猶曰“彼人”。蓀，猶曰“汝”。美其人而蓀之，亦楚俗相謂之通稱。夫人與蓀，非真有人可指，泛指人世男女，未相見而相思者。以夫人比神，蓀比巫也。此神未降而信其必來歆祭，必降巫身，用以慰巫之語。言秋蘭麋蕪，羅列生堂下，緑葉素枝已可愛，况菲菲芳氣襲予體，有不顧而樂之乎？以此思人情，不知子都之姣者，無目者也。夫人自有心焉嘉美之子，蓀何用愁苦，憂其不來合汝乎？美子又不必煞定指巫，巫之信姱，固神所美，主祭誠潔，亦神所美。如此活看，下“與余目成”，可比神降巫身，亦可比來歆已祭。詞旨方不即不離，而“别離相知”脈俱貫。**秋蘭兮青青，緑葉兮紫莖。滿堂兮美人，忽獨與余兮目成。**“滿堂”二句，亦比詞，上二句，亦興此比詞。青青，茂盛貌。紫莖，葉中所發花莖。美人及余，及與余，皆無確

---

① 標題上眉批爲：天無二命，有大司，復有少司，亦祭統祭義之無可確证者。其神或有或無，或來或不來，皆未可知。是以一篇之中，但借男女之相思相憶，比神人之乍合乍離，而不若上篇之惟以司命形容贊嘆。只結語略言其概，卻又少司命之詞。

指，泛指男女之忽相見而心相許者。以“滿堂美人”比舉世之未獲神眷，以“與余目成”比神之歆己祭，降于巫也，此神降而不勝欣幸之詞。言此青青之蘭，綠葉雖繁，其精神芳氣則獨鐘于紫莖。此滿堂之人，誰非美者，乃夫人忽然相視莫逆，口不言而目訂婚姻之約，則獨與余目成，比詞之妙。在神分中普同仁愛，無賢愚平等，觀舉世之人，並覺嘉美，皆美人也。而神無常享，享于克誠，忽然之眷，有獨與目成者矣。在人情中，人誰不自負其美。漢高築壇，則人人自以爲得大將，豈不滿堂皆美人，至獨與余目成，此象尤易見。如田客三千，則人人自以爲孟嘗親己。語近淫褻，意味正復無窮。**入不言兮出不辭，乘回風兮載雲旗。悲莫悲兮生別離，樂莫樂兮新相知。**[①] 此神去而不勝嗟嘆之詞。“生別離”“新相知”，亦承上“目成”，而以男女之悲歡離合比。言神之入也，不通一言，相視莫逆，及其出也，亦不致辭，絕無繾綣。乘回風之疾，載雲旗以馳。纔與目成，便相拋撇，方之人世，如生別離，人事之悲，莫悲于此。于此別離，于彼其有相知矣，彼新相知者，何樂如之。悲樂天淵，曷堪想像。蓋因神之去己，意其他有眷顧也。舊說追念始者相知之樂，誤矣。惟此句一誤，故下文多支離錯解。**荷衣兮蕙帶，倏而來兮忽而逝。夕宿兮帝郊，君誰須兮雲之際。**自此至“臨風浩歌”，皆悲思所結。意擬神將別眷，如覺其有須待新知之踪影，如聞其有愛慕新知之話言，如見其有未遂新知之悵望。忘卻己之憶神，但揣神之他憶。文情飄渺已極，後人不解，或謂君誰須爲意其須

---

① 此句上眉批爲：“獨目成”“生別離”，皆兒女情柔話。忽間“入不言”二句，抑何英雄氣勁。

己，或謂須巫，或以望孅人爲神望巫，或以爲己望神之復來，皆謬。言我自目成而後，想此荷衣蕙帶，清芳絶世之儀，既已倏然而來，曷又忽然而逝，定非無故，必有鍾情。今夕何聊，豈歸天闕，想當宿帝之郊。有所須于雲際，正不知君果誰須耶？與《湘君》篇“誰留中洲”意相仿。此以下，有“與女遊兮九河，沖風至兮水揚波”二句，前輩云，古本無。今斷之以意，明係《河伯》篇語，只因“與女遊”“與女沐”，句調相同，誤雜在此，當删之。**與女沐兮咸池，晞女髪兮陽之阿。望孅人兮未來，臨風怳兮浩歌。**咸池，日浴處，則池畔即陽之阿。夕宿朝必沐，既沐髪必晞，語皆相承而下。愛美人，無不珍其髪，尤千古情話。言君須雲際，必將于其所須者，眷愛之日須汝之來，與女沐于咸池，益潔汝容，晞汝髪于陽阿，益華汝髪。其能來沐來晞也，新知之樂何如？倘下地之民，遲遲各方。望美人而未來，君無乃臨風怳然，浩歌于雲際乎。不辭忽逝，其然耶？不然耶？**孔蓋兮翠旍，登九天兮撫彗星。竦長劍兮擁幼艾，蓀獨宜兮爲民正。**孔蓋，孔雀尾爲車蓋。翠旍，翠羽爲旗旍，亦車旗華采，如飾孔翠也。彗星，掃除之象。竦，一作竦，挺拔也。幼艾，幼穉衰艾也。訓美女者非，言我悲思之至，始以倏來爲私我，繼疑忽逝有他心。庸知神道至公，神力廣大，惟惡是剪，惟善是扶。非真宿帝郊以誰須，抑豈怳臨風而望美。明明張孔蓋、建翠旍，高登九天，憑撫彗星，以掃除天下之邪惡。竦拔長劍以擁護幼艾之良民。民非蓀，孰取正乎，獨宜爲民正。功不下于主壽夭、御陰陽矣。

## 東君 按歌詞，日神無疑。

暾將出兮東方，照吾檻兮扶桑。撫余馬兮安驅，夜皎皎兮既明。暾，光明温煖貌。將出者，未出之詞。檻，楯也。觀末章余弧余轡，則此余馬，亦皆神物，非主祭者迎神之馬。余之者，親之也。言日將出于東方，則將從扶桑之遠，照及吾檻矣。而今檻未有光，彼神也者，其殆不加鞭策。撫馬安驅，是以遲遲其曙乎，無何長夜之景，漸覺皎皎，一審視之，則既明矣。此望日之出以致其祭，而幸夜之隨明也。駕龍輈兮乘雷，載雲旗兮委蛇。長太息兮將上，心低佪兮顧懷。羌聲色兮娱人，觀者憺兮忘歸。龍輈，輈形似龍，猶《詩》所謂“梁輈”。乘雷，日輪發動如雷。載雲旗，日之初升，霞光上爍如雲旗也。海隅日出，少吐復含，間以潮聲，如聞太息。欲上不上，如有所低徊而顧懷者數四，然後一躍如火毬之懸，皆以日言，非迎神之車旗，主祭者將上而太息低徊也。羌，語詞。聲色，謂祭所之歌舞。言夜既明，暾東出彼神也者，亦既駕龍輈以乘雷、載雲旗之委蛇矣。周天之馭，曾無停待，下地之民，何路扳援。而乃長太息于將上，心低徊而顧懷者，明明鑑我之誠意，爲之太息，歆我之祀事，因而顧懷。其亦以我聲色之盛，實足娱人，能令觀者憺然樂而忘歸乎。無端就出日形容，撰出神之眷己，引起一切歌舞，靈來蔽日，文情入化。縆瑟兮交鼓，簫鐘兮瑶簴。鳴鯱兮吹竽，思靈保兮賢姱。翾飛兮翠曾，展詩兮會舞。應律兮合節，靈之來兮蔽日。① 弦急張曰“絙”，椎雙拊曰“交”。瑤簴，瑶玉飾簴。龥，即篪。靈保，即《詩》“神保”。曾，舉。展，陳也。聲色娛人若何？絙其瑟，交以鼓，簫與鐘瑤簴美。篪既鳴，竽又吹，神所思。此靈保，德則賢，容則姱。舞態翾飛，宛如翠舉。陳展詩歌，會合以舞。歌應六律，舞合八節。靈之來也，從官衆多，其來蔽日。明是日神來，反曰“蔽日”，詞陣迷人妙語。青雲衣兮白霓裳，舉長矢兮射天狼。操余弧兮反淪降，援北斗兮酌桂漿。撰余轡兮高駝翔，杳冥冥兮以東行。② 東方青色，西方白，日出東入西，故即方色以賦其衣裳。日光如矢，無遠不射，是長矢也。天狼、弧，皆星名。淪，没。降，下。撰，持也。言靈之來者，衣青雲，裳白霓，舉其長矢，遂射及夫天狼。操此神弧，反淪降于下地。從下地中，能援極北之斗，酌極南之桂漿。撰轡高駝，其翔如鳥。其迹杳然冥冥，而莫知其又東行也。威攝天狼之凶宿，光縈北斗之宸樞。雖淪降以明夷，隨東行而復旦。可思議哉。

① 此句上眉批爲：“雲中”篇，直點雲中。《東君》篇，無一“日”字，且云“蔽日”，如忘卻其爲日者，妙極。

② 此句上眉批爲：贊嘆日輪，適如射禮，舉矢射侯，射畢操弧降。既降援斗酌，既酌撰轡行。何工巧至此。言桂酒者，郡極南也。

## 河伯[1] 黄河之神。

**與女遊兮九河，沖風起兮横波。乘水車兮荷蓋，駕兩龍兮驂螭。**汝，巫謂神也。九河，徒駭、太史、馬頰、覆鬴、胡蘇、簡潔、鉤盤、鬲津，禹治兖州所疏。螭，似龍，黄而無角。巫召神曰：與女遊于九河乎？言甫出，沖天之風隨起，河水之波遂横。横波而來者，乘木車，荷爲蓋，駕兩龍，驂以螭，豈塵世之車旗，人間之驂服比乎？此呼神，神即至也。**登昆侖兮四望，心飛揚兮浩蕩。日將暮兮悵忘歸，惟極浦兮寤懷。**龍駕螭驂，瞬息到昆侖之勝，登山四望。我心飛揚，與望際洪濤同其浩蕩。遊竟日而不足，日將暮而悵然，悵忘歸矣。悵忘歸者何也？良由浩海無邊，未審何方水盡處，惟極浦之難知。故雖日之已暮，我猶寤言不寐以懷思。此遊河源而不勝贊嘆也。**魚鱗屋兮龍堂，紫貝闕兮朱宫。靈何爲兮水中，**[2]既反昆侖之驂駕，旋遊彼伯之都居。但見聚族多間，盡是魚鱗之屋，潛身廣厦，半爲龍蟄之堂。華闕巍然，無非紫貝，深宫美奂，更屬朱揚。如彼屋堂，若斯宫闕。靈何爲在水

---

① 標題上眉批爲：水性淫，河神尤昵巫，故一篇皆設爲巫語以樂神。舊説“與女遊”“子交手”，皆屬諸原。切《九歌》之作，爲楚地祀神通用，何與原事而輒以己賦？

② 此句上眉批爲：一説以魚鱗爲屋，畫龍爲堂，亦可。“何爲水中”，妙語。生生之理，或塵世，或水中，千古誰解。

之中，使我不能常遊此地，時與汝親乎？ 此與神歸而遊于大河也。**乘白黿兮逐文魚。 與女遊兮河之渚，流澌紛兮將來下。** 白黿，黿中魁帥。 文魚，魚中異種，或曰“即鯉”。 白黿行，必有文魚前導。 渚，河之支流。 澌，水四分貌。 將，送也。 既遊宮闕，欲悉河支。 無事龍螭，乘黿足矣，乘之以逐文魚。 相與遊河之渚，則衆流澌紛，將黿來下。 不疾而速，備極勝觀。 此遍遊河渚，快順流之樂也。 **子交手兮東行，送美人兮南浦。 波滔滔兮來迎，魚鄰鄰兮媵予。**① 子，亦謂神，狎之則汝之，親之則子之。 交手，古者相别，必執手示不忍離。 美人，巫自謂，言汝心所美之人。大河在楚東北，故神東行，巫南去。 南浦之水東流，故曰“來迎”。鄰鄰，衆貌。 媵，送也。 魚性逆水上，波迎則魚媵矣，物理一絲不亂。 言子與我交手，遂將東行乎，予何忍别子，子亦何忍别予。 其送子心美之人于南浦，隨見浦波滔滔以來迎，多魚鄰鄰以媵我，神不言而若並解神意者然。 非愛我無已，迎能如此其速，媵能若是其多，與此遊畢别神，神猶眷戀之至也。 但從巫口，備述其契合乎神之情態，絶不言及祀事。 見神巫相得如此，祭必歆可知。《九歌》中另一格調。

---

① 此句上眉批爲：觀“美人”二字，多應女巫。

## 山鬼[①] 《國語》"木石之怪夔罔兩"，即此類。

**若有人兮山之阿，被薜荔兮帶女羅。既含睇兮又宜笑，子慕余兮善窈窕。**女羅，兔絲草。微盼曰睇。含睇，謂含情于睇中。宜笑，謂巧倩而宜于笑。子，鬼謂人，指祭之者。余，鬼自謂。窈窕，女貌之最美好幽閑。言非人也而若人，殆無人也而若有人。在彼山之阿曲之間，若有人，便是鬼，山之阿，蓋鬼矣。似乎被者薜荔，帶者女羅，並承"若"字言之。鬼無形聲，依附草木，夜影朦朧處，薜荔女羅叢，目眩心疑，宛若鬼衣鬼帶，被帶宛然，遂呈面目。則含睇以多情，又宜笑而堪愛。山妖木怪，現好女子相魅人，往往有此。此方自負窈窕，恨無知己，忽聞有人，將欲飲之、食之，且喜、且感，自語、自言，子亦慕余之善窈窕乎。自此句至篇終，皆設爲山鬼之言。**乘赤豹兮從文貍，辛夷車兮結桂旗。被石蘭兮帶杜衡，折芳馨兮遺所思。余處幽篁兮終不見天，路險難兮獨後來。**豹，小于虎，黄赤色，純赤尤難。文貍，亦虎類。所思，即慕之之子。篁，竹叢也。言子慕余，余能不思子而來子所。用乘赤豹出山阿，而從者文貍，余乘從何如？辛

---

① 標題上眉批爲：魑魅魍魎，不逢爲美，何反祀之，此益淫祀。篇中但言鬼媚人，且不能近人，而不及人之敬鬼，是又中倫之言。謂鬼比己，人比君，寄慨慕君，君不答之意，未知果否。然語句大類寓言，豈山鬼無足重輕，遂借以自寫憂懷。

夷爲車，結桂爲旗，余車旗何如？易常被之薜荔，石蘭是被；解常帶之女羅，杜衡是帶，余被帶何如？又以相見不可無贈，特折芳馨遺所思，余持贈何如？奈余處幽篁之中，終不獲見天日。是以所行之路，險阻艱難，不克遽來，其來獨後。子無疑我之不來，幸從容安意待余也。前四語，極其妝點賣弄，後二語，不覺直吐真情。幽篁終不見天，鬼塗之苦，言之可涕。**表獨立兮山之上，雲容容而在下。杳冥冥兮羌晝晦，東風飄兮神靈雨。留靈修兮憺忘歸，歲既晏兮孰華予。**[①] 表，形影也。容容，騰聚作態也。神靈雨者，凡雨皆川岳所出，雷師電母所經綸，人不能知，鬼則能見。靈修，即慕鬼而鬼所思者。華予，謂以華插戴之，賞其容而爲之增飾也。試言余路之險難，余出山阿，孤影孤形，獨立山上。俯視山腰，雲之容容，皆已在下，無復隔蔽天光矣。豈意杳然冥冥，白晝之時，晦如長夜，終不睹天日，但聞風雨聲，余如何以來乎？倘能獲詣靈修之所，則我且留于其處，憺然安樂而忘歸矣。余渴想靈修者何？譬彼光陰，歲始則華發，歲晏則無華。余山阿僻處，山上獨行，猶歲之既晏，孰有復華予者，能不思戀我靈修哉？蓋渴欲來而未能，因而不勝嘆慕也。一説晝晦風雨，我行實難，誰爲留止靈修，使之憺然忘歸以待我乎？不然，靈修不留而去，歲晏孰華予耶？解更圓活。**采三秀兮于山間，石磊磊兮葛蔓蔓。怨公子兮悵忘歸，君思我兮不得閑。**山秀，芝草。公子與君，皆指慕之之子。子親之，靈修美之公子與君，則又尊之。渴想靈修華予，路難終不能至，姑采山間三秀，借兹消遣愁懷。庸知石既磊磊，葛又蔓蔓，三秀不可

---

① 此句上眉批爲：飄者東風，雨必應之。彼慕窈窕，此能不想靈修，感應之理一也。賦中又兼有興。

得，山阿余所歸。然余不能無怨，怨我雖難往，公子可來前者慕余，今如棄我，是用悵然忘歸耳。還思不來何故，我還諒之，君亦必然思我，但無閒暇可來，不得閒之故夫。忽然起怨，又隨加諒，自是情種。**山中人兮芳杜若，飲石泉兮蔭松柏，君思我兮然疑作。**人以爲鬼，鬼自謂人，究之人亦鬼也，鬼亦人也。可作自忘面目之語，亦可作死生一致之言。然疑，既然之，又復疑之也，我固意君之不得閒矣。然君亦知此山中之人，直芳于杜若，人世焉得此芳姿。且所飲者，至潔之石泉，煙火不聞其氣，所蔭者，至幽之松柏，塵影不及乎身。其人如此，君即不閒，亦宜來顧，而空谷無踪。我知君雖思我，必且信且疑，然疑念作，雖閒不來矣。人之于鬼，無不且信且疑，亦確話。**雷填填兮雨冥冥，猿啾啾兮又夜鳴。風颯颯兮木蕭蕭，思公子兮徒離憂。**[①] 歸宿山阿，惟聞雷雨。猿鳴啾啾，又當昏夜。風颯颯頻呼，木蕭蕭作應。我思公子，曷任離憂，雖則離憂，是亦徒然而已矣。

---

① 此句上眉批爲：叠此三語，即無懷思，凄然欲泪。離憂之子，夜如何終。

國殤　死不成喪曰殤。死于國事，其家不知，莫爲之喪，是謂“國殤”。

操吴戈兮被犀甲，車錯轂兮短兵接。越并吴，楚并越，故有“吴戈”。犀兕之皮，皆可爲甲，故曰“犀甲”。兩軍車轂，逼而交錯，故短兵接。旌蔽日兮敵若雲，矢交墜兮士爭先。蔽日若雲交墜，敵勢之厚如此。短兵接者，宜乎畏避，詎知愈益爭先。凌余陣兮躐余行，左驂殪兮右刃傷。霾兩輪兮縶四馬，援玉枹兮擊鳴鼓。雖則爭先，其如敵盛，凌犯余陣，踐躐余行。左驂遂殪，戎右又傷。兩輪不轉若埋，四馬不前如縶。然猶援枹擊鼓，未絶鼓音。霾，與“埋”通。玉枹，玉飾枹也。天時懟兮威靈怒，嚴殺盡兮棄原野。不幸天于此時，適懟恨下民，威靈甚怒，降嚴厲之殺，我軍遂盡而屍棄原野。天亡我，非戰之罪，吾誰弗如。出不入兮往不反，平原忽兮路超遠。出國門而不入，往戰場而不反。魂兮豈不懷歸，奈平原之路，慌忽而超絶遼遠。帶長劍兮挾秦弓，首雖離兮心不懲。猶帶劍，尚挾弓，首離心不懲，所謂死而不厭。誠既勇兮又以武，終剛强兮不可凌。良由生前，既勇氣百倍，又武藝十全，故終剛强，不可凌替。身既死兮神以靈，魂魄毅兮爲鬼雄。死而不弔者三，一曰畏，則知其神不靈矣。此則身既死而神以靈，其靈若何？陽魂陰魄，並皆果毅，鬼中魁傑，是爲鬼雄。

禮魂　世之亡魂，其家春秋禮祀之，故曰“禮魂”。即首句“成禮”二字便見。舊説以禮善終之魂，對《國殤》爲言，似不必。

成禮兮會鼓，傳芭兮代舞。姱女倡兮容與，春蘭兮秋鞠，長無絶兮終古。祀事當用之禮，既戒既備而成。然後舉衆音，會夫鼓以奏樂。五音無鼓不和，故曰“會鼓”。芭，所持以舞之香草，結束翩躚，如芭形也。舞非一人，故傳而代。女倡，女子爲倡優者。姱而舞態容與也。所持香草，春用蘭，秋用鞠，願終古祀無絶也。

眉語：結語言簡味悠，該得許多致諷。

# 屈辭洗髓卷之三

荆溪徐焕龍友雲甫著

**天問** 事有人莫能解，故于天是問，蓋聊以寄其感慨。雖明知其事之荒唐亦問，此千古奇觀，本不可以文義之條貫，物理之信確繩之，無從强解。然即其字句，細細玩之，亦多可意逆而其解不甚相遠。

曰：**遂古之初，誰傳道之？** 遂，往也。往古之初，誰人傳道一切之事。二語總括一篇，以見傳聞大都無據。而多多問端，亦半屬子虚烏有。**上下未形，何由考之？冥昭瞢闇，誰能極之？馮翼惟像，何以識之？** 上下，謂兩儀。冥昭，謂晝夜。目無睹曰"瞢"。瞢闇，謂晝夜未分。馮翼，氤氲浮動之氣。惟有像而並無形，世有論及天地以前，渾沌未開者，故先以問。**明明闇闇，惟時何爲？** 業已有晝而明，必有明其明者，有夜而闇，必有闇其闇者，惟是則何物爲之？時，是也。**陰陽三合，何本何化？** 獨陰不生，獨陽不生，獨天不生，三合乃生。三合之中，何者萬化之本? 何者一本所化? 圜則九重，孰營度之? 惟玆何功，孰初作之? 天圜爲則，曰有九重，孰營度而使其圍之圜? 數之九。造天是何神功，孰爲初作? 自一重而至九。斡維焉繫，天極焉加? 車内以金爲筦以受軸，曰“斡”。繫軸于内曰“維”。天行旋轉如輪，南北極不動如軸。天之斡維，夫焉所繫? 彼南北之天極，又焉從加? 八柱何當，東南何虧? 大地之下，有八柱承當，故萬古常寧。而地又缺于東南，問八柱所當何事，東南何故又虧? 九天之際，安放安屬? 隅隈多有，誰知其數? 既有九天，必有邊際。其際安所放至? 安所屬附? 既有邊際，則隅角之隈，多多而有，誰則能知其數? 天何所沓? 十二焉分? 沓，重疊也。天氣地形，合而重疊，故天干之外，又分十二地支。然天果于何所而與地沓? 十二又焉分? 日月安屬? 列星安陳? 日月列星皆麗太虚，安所屬繫? 陳，置。出自湯谷，次于蒙汜。自明及晦，所行幾里? 湯谷，即陽谷，日出處。蒙汜，即太蒙，日入處。一晝夜間，所行之里幾許。夜光何德，死則又育? 厥利維何，而顧菟在腹? ① 月曰“夜光”，此有何德? 既晦而死，又朔而育。其利物者維何? 而與下地顧望之菟，常在其腹。女岐無合，夫焉取九子? 女岐，神女。無夫生九子，釋教號爲九子母。既無配合，夫焉取諸? 伯强何處? 惠氣安在? 伯强，疫鬼。果于何托處? 若其有處，則天地以生物爲心。惠順之氣安存? 聽其爲厲乎? 作串問語方有味。何闔而晦? 何開而明? 角宿未旦，曜靈安藏? 何物闔乾坤之户而夜則晦? 何物開乾坤之户而

---

① 此句上眉批爲：兔望月而娠，亦無合生子，故接女岐，有女岐，則伯强不覺其突。世眼誰知此暗綫?

晝則明？且東方未旦時，日光安所藏匿乎？角亢居東，角宿者，猶曰“東方”也。自“上下未形”至此，問天地日月星辰神鬼種種之疑。

不任汩鴻，師何以尚之？僉曰何憂？何不課而行之？自有天地，若無禹功，定無世界，故隨以治水事問。鮌既不勝汩流鴻水之任，岳牧何以師推尚之？僉曰鮌哉，殆僉曰何憂矣？何不示之以程式，稽之于歲月？課而行之，而乃聽其九載弗成績。鴟龜曳銜，鮌何聽焉？順欲成功，帝何刑焉？鴟龜事無考。玩語句，意當時有形似鴟鳥之龜，曳尾銜物而前，作導鮌治水狀，鮌遂依之以施方略，故曰“鮌何聽焉”。若能順水之欲以成其功，帝何自而刑之？此問鮌之何故聽鴟龜，不順水性也。永遏在羽山，夫何三年不施？此問帝之何不速施其刑也。伯禹腹鮌，夫何以變化？纂就前緒，遂成考功。何續初繼業，而厥謀不同？此問父子一氣，何爲智性迥别？洪泉極深，何以寘之？地方九則，何以墳之？應龍何畫？河海何歷？鮌何所營？禹何所成？泛濫九年，洪泉極深矣，何以遂能位置之，而安其條理？地方有九州之則，方至廣，地參差矣，何以遂皆使之爲墳土？龍有翼者曰“應龍”。禹治水時，有應龍以尾畫地，水泉隨即流通，禹因之以疏，應龍何遂來畫地？大河洋海，至遠極險，八年之間，禹踪何遂遍歷？鮌何所經營終罔績？禹何所荒度即成功？問端雖八句，亦只問禹功何以如此其神。康回馮怒，墜何故以東南傾？① 康回，共工氏名，與顓頊爭爲帝，怒觸不周山，折天柱，絶地維，故天傾西北，地不滿東南。康回特人耳，憑其怒氣，東南何故遂傾？墜，古

① 此句上眉批爲：禹掘地注海，特因地傾東南，東流不溢以成功。突接“康回”一段，問更端，金針已暗引。

“地”字。九州安錯? 川谷何洿? 東流不溢，孰知其故? 九州安所錯置? 川谷如何深洿? 合宙水東流，曾無盈溢日，其故孰知? 東西南北，其修孰多? 南北順椭，其衍幾何? 椭，狹長也。四方道里之修長，孰方爲多? 有謂南北地勢順而椭，則其衍而尤修者，又果幾何? 昆侖縣圃，其居安在? 增城九重，其高幾里? 昆侖之山，曰有縣圃，又有增城九重，縣圃之居果安在? 九重之高又幾里? 四方之門，其誰從焉? 西北辟啓，何氣通焉? 昆侖四旁皆有門，其西北隅，門常辟以納不周山之氣。此四方之門，誰從出入而知之? 西北之門辟啓，何不周之氣隨通?

日安不到，燭龍何照? 羲和之未揚，若華何光? 西北幽暗，海外無日之國，有龍銜燭照之。其有日之國，日未出時，有若木開赤華以照其處。問日輪安有不到，燭龍何用照焉? 凡物皆借日之光爲光，羲和未揚，若華何自生其光? 何所冬暖? 何所夏寒? 地氣不齊，有極熱而冬亦暖之土，有極涼而夏亦寒之方，並皆何所? 焉有石林? 何獸能言? 極東國土，有石如木，枝幹畢具，開朱花。有九尾飛獸，能人言。木石之生各别，焉得有此石林? 人獸之性懸絶，何以遂能人言? 焉有龍虬，負熊以遊? 又嘗有熊乘虬遊大川。水陸之族，各以類聚，焉得有此龍虬而負熊? 雄虺九首，儵忽焉在? 南方有雄大之虺，九首而往來儵忽，儵忽之踪焉在? 何所不死? 長人何守? 不死之國果何所? 長人之國守何封? 蓋皆另有國土，非仙家之不死。《國語》所謂“防風氏”，《左傳》所云“長狄”也。靡蓱九衢，枲華安居? 靡蓱，水中異草，枝九出如衢。枲華，山中異華，其條如枲。二物之居皆安托。

靈蛇吞象，厥大何如？ 靈異之蛇，至有吞象者，其大何以如是？ 黑水玄趾，三危安在？ 黑水之方，民皆玄趾，水德旺極，宜無高土，能剋制之。彼三危之山，安得又在而鎮定？ 延年不死，壽何所止？ 真人延年，云可不死，壽將何所止極？ 鯪魚何所？ 鬿堆焉處？ 鯪魚，人面人手魚身。此怪魚果何所？ 鬿堆，似雞，白首鼠足。此怪鳥焉托處？

羿焉彈日？ 烏焉解羽？ 彈，射引滿也。善射者皆號羿。堯時十日並出，命羿射之，中九日，九烏皆死，墮其羽。羿焉能遂射及于日？ 烏焉能遂輒解其羽？ 自“康回”至此，雜問方土人物種種怪事，遥承“上下未分”一段，推廣言之。 禹之力獻功，降省下土方。焉得彼嵞山女，而通之于台桑？① 禹當勤力獻功之時，下土方皆欲陟降省視，焉得有暇娶彼嵞山女，而通夫婦之好于台桑？ 閔妃匹合，厥身是繼。胡維嗜不同味，而快鼂飽？ 憐閔塗山之妃，與之配合，亦特無後爲憂，厥身是繼耳，家室人之所甘。禹辛日娶，甲日即行，胡獨所嗜不與人同味，而快一朝之飽飫乎？ 言人所嗜，一朝人欲之飽，禹所嗜，萬世永賴也。 啓代益作后，卒然離蠥。何啓惟憂，而能拘是達？ 兩朝遞禅，益宜作后，啓則代之，故有扈不服，卒遭其孽。何啓思憂，而能達是拘執之見乎？ 家天下而不疑，召六卿而大戰，皆能拘是達也。蠥，與“孽”通。維，思也。 皆歸射鞫，而無害厥躬。何后益作革，而禹播降？ 射鞫，謂至彀。鞫，與“鞠”通，彎曲貌。言古昔聖人，皆歸于射之至彀，必求其中，而無害于身之盛德。何元后之統，革受

① 此句上眉批爲：羿、禹皆堯臣。十日洪水皆災異，又不聊而已接。

禪之局者，自益而起，而禹則如農夫之播降？言傳子猶穀種相傳也。**啓棘賓商，《九辯》《九歌》。何勤子屠母，而死分竟地？**棘，與“急”同，謂憂勤。《詩》“匪棘其欲”是也。賓，羲賓。商，商音也。言啓憂勤庶政，中羲賓之夏律，萬化蕃昌而九土咸辯，合秋令之商音，百物成就而九叙惟歌。何如此克勤之子，降生輒屠其母，而生死分離竟地？蓋坼副以産，母遂亡耳。觀《虞書》：辛壬癸甲，啓呱呱泣，則禹之夫婦，畢生惟此四日，而啓之生而失恃可知。竟地，猶曰“終天”。朱子疑“棘”爲“夢”字、“商”爲“天”字，皆因篆文之誤，未確。至《淮南子》“化石”之説，益誕。**帝降夷羿，革孽夏民。何射夫河伯，而妻彼雒嬪？**河伯化爲白龍遊水，羿射之，眇其左目。羿又梦與雒神宓妃交。言天帝降此傷殘之羿，變革夏統，妖孽夏民，胡既射河伯，于神之怒，而又能通雒嬪？**馮珧利决，封豨是射。何獻蒸肉之膏，而后帝不若？**羿由帝降，帝宜康其禋祀，乃滿引珧弓，利其决拾，射大豕以爲蒸肉。何獻此蒸肉之膏，而后帝又不之順？**浞娶純狐，眩妻爰謀。何羿之射革，而交吞揆之？**①浞娶純狐氏，非無室家，眩惑羿妻之美，于是謀羿。既謀吞其國，又謀吞其妻，何羿射貫革絶倫，浞不之畏，而揆謀所以交吞之？**阻窮西征，巖何越焉？化爲黄熊，巫何活焉？咸播秬黍，莆雚是營。何由並投，而鮌疾修盈？**②黄熊，事見《左傳》。莆，即蒲。雚，亂荻也。

---

① 此句上眉批爲：《騷》篇曰“浞又貪夫厥家”，則知眩羿妻，非眩純狐。

② 此句上眉批爲：玩西征并投，明以三苗與鮌較論，前解俱屬鮌身，詞意遂俱不達。

言三苗險阻之恃既窮，被竄西行，崇山峻巖，何以安然逾越？不死于道而得生至三危，鮌既化爲黄熊，則鮌不死而活矣。巫何以知黄熊之即鮌，而以爲不死？“活焉”猶曰“謂之活”也。且鮌之治水，其意本善，但經營不得其道耳，譬如農夫，咸播秬黍，而于莆雚之地是營，所以空費其力，卒無成功。何由與彼三苗，并投荒裔，而鮌之疾痛，獨修長盈溢乎？蓋以三苗之生至三危是真，鮌之化熊未確，惡不比于三苗，殛刑則甚于竄，故不解而問。自“力獻功”至此，問有夏初興繼世難解之疑，遥承“不任汩鴻”一段，反復言之。蓋鮌亦放臣，故《騷》篇引以爲比，而此于遂古人事中，先以爲問，且不禁乎其反復也。**白蜺嬰茀，胡爲此堂？安得夫良藥，不能固臧？天式從横，陽離爰死？大鳥何鳴，夫焉喪厥體？**①茀，堂前草簾。嬰，當也。崔文子學仙于王子喬，喬化爲白蜺，嬰其堂前之茀，將以藥授之。文子驚懼，引戈擊蜺，墮其藥，視之，喬尸也。須臾化爲大鳥，飛鳴而去。言喬欲授崔以藥，胡爲必化蜺嬰茀于此堂？且未聞有授藥于喬者，安得夫良藥？又不能固藏，欲與人，因墮地也。仙家與天同式，變化固極從横。然陽神一離，凡胎爰死，何以化作大鳥而鳴？彼喬之凡體，夫又焉所喪脱者乎？**蓱號起雨，何以興之？撰體脅鹿，何以膺之？**蓱，水鳥，叫號則天雨，人謂之雨師，其號何以遂能興雨？脅鹿，神鹿，天撰十二辰之體于其形，一身一尾，兩頭八足，體皆兼脅，何以獨膺當此體？**鼇戴山抃，何以安之？釋舟陵行，何以遷之？**巨鼇戴山能抃舞，山何以安其上？且鼇猶山之舟矣，倘釋此作舟之任，行于陵陸之區，又將何以

① 此句上眉批爲：嬰茀，《列仙傳》未祥，故後人强解爲白蜺之狀。禹化黄熊，子喬化白蜺，又若天然縫接。

遷徙其山乎？ 自“嬰茀”至此，因黄熊觸及白蜺事，因白蜺觸及蓱號脅鹿鰲忭也。 是文章拖帶餘波，後人覓不出蹊徑，遂謂語多不承接。自此以後，則專以古今人事問，不復言物類怪奇矣。 惟澆在户，何求于嫂？ 何少康逐犬，而顛隕厥首？ 女岐縫裳，而館同爰止。 何顛易厥首，而親以逢殆？ 此遥承“浞娶純狐”來，欲問古今種種。先問有夏中興及其亡國一案。 女無夫曰“岐”，此女岐，澆之嫂。 澆無人倫，往至嫂户，佯有所求，因與淫亂。 自後岐遂與澆縫裳，同館止宿。 少康借田獵爲名，逐犬襲澆，入女岐之館以爲澆也，先斷其頭，隨復殺澆。 澆何爲若奪其魄，求淫其嫂？少康何借逐犬，遂斬澆？ 女岐何縫裳同館，與澆若易焕其首以顛？特以親愛夫澆，遂逢危殆。 兇惡淫亂之人，莫或使之，無端自取殃禍，故何居？ 湯謀易旅，何以厚之？ 覆舟斟尋，何道取之？ 玩上下文，“湯”爲“康”字之誤無疑。 斟灌、斟尋，夏同姓侯國。 夏后相失國，依于二斟，爲澆所滅。 相子少康，有田一成，有衆一旅，還滅澆，用能不失舊物。 言康所及謀，不過易治此一旅，何以厚集其勢，遂能滅澆？ 有夏之舟，如已覆于斟尋之地，何道而復取之？ 桀伐蒙山，何所得焉？ 妹嬉何肆？ 湯何殛焉？① 有

① 此句上眉批爲：湯遇君臣之變，故放伐不疑。 舜遭父子之變，故告娶不拘。 桀以妹嬉肆情，紂以璜臺縱欲。 彼皆繼世以有天下，亡也忽焉。因思古之無道尚而帝者，不獨秉德殊，并賦形亦異，若舜之興，猶夫羲農之莫爲道尚者也，是以廩井不能災。 又因傲象害兄，思及泰伯讓弟，周用以興，更由周而溯有殷發祥之自，更由殷而溯有夏繼體之賢。 忽及陳婦之□于禮□□人事不可以不慎，何況帝王。 複論淫弟之未遭兇報，見天道亦有所難知，莫非命數。 然後極論三代废興禍福，下追衰周，舉齊桓以該霸君，稱闔廬以引楚案。 問端雖雜，其中遥承間接，若斷若連，章法之奇，創未曾有，似從孔子《雜卦傳》脱來。

夏功德遠，故少康中興易。及至桀身，伐蒙山何所得？惟得妹嬉。得妹嬉，何遂肆其情欲？何遂致湯之放殛？三“何”字，作一串問。

舜閔在家，父何以鱞？堯不姚告，二女何親？舜恐無後，所憂閔者，在未有室家，父何不許其娶而以是鱞之？堯不于姚姓是告，二女何輒親舜？子有室，何惡于父？君令民，豈患不從？君父俱若不可解。厥萌在初，何所意焉？璜臺十成，誰所極焉？紂爲象著，箕子知其必爲玉杯，必崇宫室，紂果作玉臺十重。事幾之萌在初，何所意度？彼璜臺十成，誰所究極而厥後無爽？聖人何以前知至此？登立爲帝，孰道尚之？女媧有體，孰制匠之？唐虞禪，夏殷周繼，君統皆有自來，如伏羲、神農之登立爲帝，孰開道而崇尚之？人生稟氣血于父母，如器之制于匠氏，若女媧有此異體，孰制匠之？人首蛇身之説未可信，然必有異于人形者矣。舜服厥弟，終然爲害。何肆犬豕，而厥身不危敗？舜服事其弟，弟終欲害之。何任其肆犬豕之毒，而廩不能焚，井不能蓋，厥身終不危敗？吴獲迄古，南岳是止。孰期去斯，得兩男子？迄，及也。讓國乃唐虞古風，言泰伯德及古人也。吴地獲之，遂止于南岳，爲勾吴長。孰期數百年後，又有不願君吴而去斯者，前泰伯，後季札，得兩男子矣？舊説訓“古”爲“古公”，詞覺太晦。兩男子爲泰伯、仲雍，則去斯苦無着落。緣鵠飾玉，后帝是饗。何承謀夏桀，終以滅喪？帝乃降觀，下逢伊摯。何條放致罰，而黎服大説？世傳伊尹，因緣鵠羹，修飾玉鼎，饗商之后帝，則割烹要君矣。何湯承其謀以謀夏桀，夏終滅喪？其在帝湯，乃因降觀民風，□①伊摯于下國，亦偶然之遇耳。何鳴條放桀，致天

---

① 此處漫漶不清。

之罰，而黎民服之，至于大悦？ 簡狄在臺，嚳何宜？ 玄鳥致詒，女何喜？ 簡狄在瑶臺，嚳何遂得此宜子之妃？ 玄鳥卵致詒，娀女何又喜而吞之？ 該秉季德，厥父是臧。 胡終弊于有扈，牧夫牛羊？ 季德，謂少而有德。 該，兼也。 言啓兼該衆善以秉季德，其臧比于厥殳，宜乎文德可以格遠人。 胡終耗弊兵力于有扈，又不克誅夷，但驅之牧牛羊而已乎？ 有扈國滅，後爲牧豎。 干協時舞，何以懷之？ 平脅曼膚，何以肥之？ 承上“伐扈”言。 言厥父當年，聽昌言，干羽協合是舞，何以遂能懷徠有苗？ 彼肌肉豐盈，平其脅，曼其膚者，何以獨能肥胖此體？ 舊説謂紂，無據。 大約非一憂勞之聖賢，其體仍肥，即一樂禍之愚夫，其形茁壯。 然愚意度之，宜作虚句用。 蓋君德内修，則遠人悦服，猶精神内旺，則外體豐肥，承于舞苗懷爲喻言。 疑征扈之舉，豈内治猶有不足乎？ 故下文又接言有扈事。 有扈牧豎，云何而逢？ 擊牀先出，其命何從？ 有扈失國爲牧豎，云于何地逢彼？ 何人逢之？ 啓克扈時，先有親擊殺之于牀而出之一事，則其命何從復生？ 此因牧□擊牀，傳聞互異，故疑。 恒秉季德，焉得夫朴牛？ 何往營班禄，不但還來？ 朴牛，瑞牛也。 舊説湯田得之，無據。 兩言秉季德，又承伐扈事言。 又往營班禄，與夏諺“吾王不遊”語頗合，疑亦啓事。 言此秉季德之君，克恒其德而已，焉得遂有朴牛之瑞應？ 何往營輔助之政，班禄于民，瑞應隨至，不徒然以還來也？ 昏微遵迹，有狄不寧。 何繁鳥萃棘，負子肆情？ 昏，昏夜。 微，微行。 狄，當作“惕”。《易》“血去逖出”，亦作“惕”，古字多通用耳。 晋解居父聘吴，過陳之墓門，見婦人負子獨行，欲與淫泆。 婦誦“墓門有棘，有鴞萃止”刺之，言雖無人見，棘豈無鴞乎？ 人于昏微之處，遵其足迹，斯有怵惕，心必不寧。何彼婦既知繁多之鳥在棘，不容苟且，而又負子獨行，以自肆其情態？**眩弟並淫，危害厥兄。何變化以作詐，而後嗣逢長？**惛眩之弟，欲並淫二嫂，因危害其兄。何廩井之詐，變化以作，而君于有庳，世享封邑？**成湯東巡，有莘爰極。何乞彼小臣，而吉妃是得？水濵之木，得彼小子。夫何惡之，媵有莘之婦？**伊尹妊于母身，母夢神告之曰：臼竈生蛙，亟走無顧。後果生蛙，母走東去，顧視其邑，邑已沉。水隨至，母因溺死，化爲空桑之木。水乾後，聞兒啼，入于水中收養之。有莘惡其出自木中，因以媵女。《史記》亦有阿衡爲有莘媵臣之説。極，至。乞，求也。湯東巡至有莘，所乞而致者，于彼特一從媵臣，何乃暨湯咸有一德？爰革夏正，則是有莘之婦，尚不足慶，而尹真吉妃矣。其在有莘，何惡于彼木中之小子，輒以媵婦。**湯出重泉，夫何罪尤？不勝心伐帝，夫誰使挑之？**重泉，即夏臺。湯被囚而出，夫何罪過？本不懷勝夏之心，思伐帝室，夫誰奪桀之魄，使之囚湯以挑之？

**會鼂爭盟，何踐吾期？蒼鳥群飛，孰使萃之？**紂使膠鬲視周師，問何日至殷。武王曰：以甲子，會大雨。武王晝夜行，軍士苦之，或請且休息。武王曰：膠鬲報紂矣。吾甲子不到，紂必殺之。吾急行，救賢者之死也。與紂相會之朝，務盟約是爭，武王何必踐其期？周之將帥，如蒼鳥群飛，孰使萃之？既多且鷙。**列擊紂躬，叔旦不嘉。何親揆發，定周之命以咨嗟？**[①] 武王

① 此句上眉批爲：篇中如鵾龜朴牛，叔旦不嘉，及後采薇噬犬等事，昔有記載，秦火之後無稽耳。

射紂尸，斬紂頭，列擊其躬，公旦嘗不是之嘉矣。何又親用揆謀于王發，必使定周之命，而多方未靖，每以咨嗟？**授殷天下，其位安施？反成乃亡，其罪伊何？**天既授殷天下，其位安所見而施？乃又反其施位之命，生無道紂以成乃亡，殷之先世，罪于何所乎？**爭遣伐器，何以行之？並驅擊翼，何以將之？**伐商戎器，諸侯爭遣，周何以使之偕行？左右並驅，擊則相翼，周何以將其勇氣？**昭后成遊，南土爰底。厥利惟何，逢彼白雉？**周昭王獨斷獨行，成慢遊之舉，至于南土，南遊之利惟何？豈越裳氏白雉未來，欲往而逢之？**穆王巧挴，夫何周流？環理天下，夫何索求？**巧挴，諸本多作"巧梅"，或謂詞巧志貪，或謂巧于貪得，切"梅"與"貪"，義無可通，"巧挴"是也。挴，足指。巧，好也。得八駿，則如具巧挴矣，何周流之迹？至遍天下之疆里，如環之旋，夫何索求而爲此？**妖夫曳衒，何號于市？周幽誰誅，焉得夫褒姒？**事詳《史記·周本紀》，不具述。龍漦化爲玄黿，宮妾遇之而孕，是妖夫也。曳衒，黿行狀。言妖夫曳衒而入王宮矣，何檿弧箕服，適有鬻是器而號于市者？周幽誰寔誅之，非犬戎固褒姒耳。焉得夫褒姒，威此赫赫之宗周乎？**天命反側，何罰何佑？齊桓九合，卒然身殺。**由周之興以及其敗，可見天命反側無常，罰佑何從而定？齊桓九合，霸圖盛矣，及其卒也，屍虫出户，如被殺身之戮。彼一人之身而反側如是，况數百年間之存亡興废乎？卒然，猶曰"終如"。**彼王紂之躬，孰使亂惑？何惡輔弼，讒諂是服？比干何逆，而抑沉之？雷開何順，而賜封之？**雷開，紂佞臣。此暴君之愚，甚不可解。**何聖人之一德，卒其異**

方？ 梅伯受醢，箕子佯狂。 聖德宜乎一揆，方術何其終異？一受醢而死，一佯狂以生。 此忠臣之轍，亦復可疑。 稷維元子，帝何竺之？ 投之冰上，鳥何燠之？ 先生如達，則元子矣。竺，即“夭夭是椓”之“椓”，欲夭喪之。 燠，謂覆翼而煖之。 此言秉德如稷，寒水不能致之死。 何馮弓挾矢，殊能將之？ 既驚帝切激，何逢長之？ 何羿將弓矢之殊能？ 既驚懼夏帝，拒諸洛表，肆切膚之凶，因民弗忍，用激衆之術，可謂工矣。 何逄蒙之技，更長于羿而殺之？ 此言積惡如羿，善射不克保其生。 蓋對稷作問，與南宫适問孔子意同。 從前誤讀“逢”字爲本音，因失其解。 伯昌號衰，秉鞭作牧。 何令徹彼岐社，命有殷國？ 文王爲西伯時，號令衰殷之諸侯以服事紂，如秉鞭策牛羊，爲殷作牧夫然，可謂竭忠王室矣。 何天不遂其忠？ 及武王之身，令徹废岐山之侯社，命有殷國而新爲王大社。 遷藏就岐，何能依？ 太王遷寶藏，就岐山，邠民何遂能依之？ 依者何不憚勞？ 殷有惑婦，何所譏？ 惟婦言是聽，有此惑婦，忠良何所施其譏諫？ 譏者又何不智？ 受賜兹醢，西伯上告。 何親就上帝罰，殷之命以不救？ 紂醢梅伯以賜諸侯，西伯受賜，嘗竊嘆。 聖人致嘆，天聽斯通，如上告耳，非以之祭告于天也。 何自上告之後，紂自盈其貫？ 若上帝猶未决意罰之，彼則親爲之，就殷命斯不救。 師望在肆，昌何識？ 鼓刀揚聲，后何喜？ 隱于市肆何由遂識其賢？ 揚鼓刀聲，何即喜而命載？ 武發殺殷，何所悒？ 載尸集戰，何所急？ 三分有二，紂已無奈武王何，何所悒鬱而必殺之？ 何所迫急，至載木主而集戰？尸，主也。 伯林雉經，維其何故？ 何感天抑墜，夫誰畏懼? 人自經則項青紫，相間如雉色，故曰“雉經”。舊説謂晋太子申生，未知確否。而《國語》有“雉經于新城之廟”，意者伯林其字乎? 毫無罪辜，故不知其故。何其冤? 上感天，下抑地，而譖者方泰然。隨譖二公子，夫誰畏懼乎? 狐突適下國，遇申生與之言曰：余得請于帝矣，又曰：帝許我罰有罪矣。是感天抑地也。從妺嬉、褒姒、妲己，因及驪姬，見艷妻之禍無窮耳。暗中仍有灰綫。**皇天集命，惟何戒之? 受禮天下，又使至代之?** 皇天集命于一姓，殆不知惟何以儆戒之。凡有災異，皆所以儆戒人主，屢戒不懲，喪亡斯至。不然既使之受朝覲貢享之禮于天下，又使他人至而代之乎? **初湯臣摯，後兹承輔。何卒官湯，尊食宗緒?** ① 湯得尹，初亦等于凡臣而臣之，後知其賢，遂以爲凝承輔弼。何尹卒能官湯，位湯于天子，上祖宗，下後緒，無不共食尊榮之福? **勳闔夢生，少離散亡。何壯武厲，能流厥嚴?** 建勳于吴之闔廬，王夢壽之孫也，而不得立爲諸侯，少遭散亡矣。何壯其武厲，吴用以强，能流厥嚴威，楚幾乎覆? 自“惟澆在户”至此，雜問夫婦兄弟、父子君臣，一切善惡邪正之變故；哲后名卿、暴君亂賊，一切废興存亡之變端。古今疑案，幾于盡矣。**彭鏗斟雉，帝何饗? 受命永多，夫何久長? 中央共牧，后何怒? 蜂蛾微命，力何固?** ② 鏗，彭祖名。斟雉祀天，天帝何即饗之? 使受永多之命，夫何且至八百之長? 中央坤土，萬物皆致養而共牧，則后土何所獨怒?

---

① 此句上眉批爲：湯任伊尹，故王。吴任子胥，故强。相承問下，一實一虚，令人言外自想，又伏下久余是勝之案矣。

② 此句上眉批爲：舊説饗帝爲帝堯，則受命何情味。

彼蜂蛾命甚微，赴火之力，又何其固？此一以極壽長之子，一以極短命之虫，問壽夭何如是不齊。**驚女采薇，鹿何祐？北至回水，萃何喜？兄有噬犬，弟何欲？易之以百兩，卒無禄。**① 兩事俱無考。大約采薇之女，爲鹿所驚，因北走至回水之地，遂獲室家相聚之喜，是鹿祐之。兄有獒，弟欲之，未知兄不肯與，以百兩之車與弟，亦未知弟以百兩易兄之犬，總之其弟之富可知，然卒喪亡無禄。此一以極意外之福，一以極難料之禍，問禍福何如此無定。此八句承上起下，而泛論世間之夭壽禍福也。

**薄暮雷電，歸何憂？厥嚴不奉，帝何求？** 自此至終，皆寓言。不復問遂古事矣。薄暮雷電，比己之衰邁值君威。歸何憂，比己之溘死自無患。蓋生寄死歸耳。雷電乃帝命嚴威，此之不奉于帝又何妄求乎？比己之不敢妄求于君。**伏匿穴處，爰何云？**② 爰，疑與“猿”通。言己如伏匿穴處之猿，其又何所啼號？**荆勳佝師，夫何長？** 但念楚先武王，荆尸之勳狥于師，夫何其雄長乎南土？佝，即狥。**悟過改更，我又何言？** 令尹子元，欲蠱文夫人，後悟過改更而伐鄭，則夫人其又何言？我，代夫人自我也。亦因夫人曾有我一婦人而事二夫，從不能死，其又何言之語？故借云。**吴光爭國，久余是勝。** 公子光爭國時，子胥退耕于野。進鱄設諸，久知其志而勝其任。余，亦代子胥自余也。胥輔光覆楚，

---

① 此句上眉批爲：舊説易百兩爲秦公子鍼，無據。

② 此句上眉批爲：“爰”疑爲“猿”者。蓋“薄暮”句，可泛論凡人，而“伏匿”不可以泛指。顯言己則語太直，不然，將屬之誰耶？舊説荆勳爲邊女爭桑一事，悟過爲望王覺悟，堵敖爲楚賢人。試上自予爲原自白。其非市忠釣名，射覆無一中語。

賜死于夫差之手，原輔懷立政，將死于頃襄之時。故以寓意。**何環穿自閭社丘陵，爰出子文？** 循環遍穿于楚之閭社丘陵，未有賢如令尹、子文者，何獨出此一人乎？見閭社丘陵所鍾英，前有子文，今獨有我耳。**吾告堵敖以不長。何試上自予，忠名彌彰？** 堵敖，楚文王子，成王兄，猶夫令尹子蘭，懷王子，襄王弟。告堵敖者，明告子蘭也，告之以不可長久之道。何有兒戲其上？姑以爲試，猶自嘉予其能。上反謂之忠，忠名彌彰，如是而能長久者乎？勸懷王奈何絶秦歡，試上自予也。襄王立，使爲令尹，信其忠也。"薄暮"言己之必死，"伏匿"言己之無告。因思武王始拓楚疆，而今喪師失地，子元猶能悟過，而今并無其人。有一子胥，讒人迫之，使輔吴光覆楚。惟有子文，曾獲見用。我再世子文也，夫何使我至此？皆子蘭嫉賢之故。然彼身又何能長久乎？故明告之。一篇結穴，全在此末段。篇内或相承而問，或突如其問，或遥接而問。章法奇，語調長短錯綜，變換百出。句法奇，百煉成詞，一字若千鈞之力。字法奇，一"何"字、"焉"字、"孰"字、"安"字、"誰"字，叠成數百言，不厭其多，但覺其妙。體製奇，所以屈集爲詞賦祖，獨《天問》無能效其體。柳子厚作《天對》，豈知《天問》之作，本不欲有對，正不可有對，朱子亦每于其説之荒唐者病之。然揣屈子意中，或亦謂之荒唐，特借此以遊戲筆端。而"何之"、而"焉之"、而"安之""孰之""誰之""胡之"，其説果信，則何以有是事？其事若誣，又何以有是説？未始不言言活、語語圓。此不必以道學之見，如《孟子》之"齲齊東野人"一例，施其辨駁也。前輩名公，讀屈詞者，無不尤賞《天問》，然評釋每多錯誤。其所引证，不過《山海經》《列仙傳》《淮南》諸子所載，是皆秦火之後、漢興以後之書，何足以爲典要？至字句難解之處，且謂不必求其解。夫苟不求其解，將與釋經咒語何異？ 又何以珍諸案頭，供靜夜長吟耶？ 詞自“上下未形”至“曜靈安藏”是一段。自“不任汨鴻”至“禹何所成”是一段。自“康回馮怒”至“鳥焉解羽”是一段。自“力獻功”至“鮌疾修盈”是一段。“白蜺”至“何以遷之”是因化熊推類，另一小段。自“惟澆在户”至“能流厥嚴”是一大段。“彭鏗”至“卒無禄”是承上起下，又另一小段。自“薄暮”至終是一段。其問不拘時代之後先，多顛倒以問；不循此事之本末，每斷續而問。所以然者，譬如今人，知己相對，閑評往古，所疑甚有，欲辨頗多。未免記起即言，觸着斯語，如必擺定朝代、挨定門類，作如是談態，豈不格格喉間，焉能暢所欲吐乎？ 識得此意，方可讀《天問》。即余所分段落，亦緣讀是篇者，甚苦茫無頭緒，聊以亮人眼目，而正不必拘泥于余之説。如謂條理洵然，指歸果爾，是又膠于柱而鼓瑟，余不又爲《天問》之罪人乎？

# 屈辭洗髓卷之四

荆溪徐焕龍友雲甫著

## 九章　原之雜著，後人輯之有九，因彙爲一卷，曰《九章》。

### 惜誦[①]　即篇首二字名篇。

**惜誦以致愍兮，發憤以抒情。**即事而詳言其本末曰誦。向因惜此誦言，不忍直出諸口，以致中心憂愍。今用發泄憤懣，聊以自抒其情。二句，明是篇所由作。**所非忠而言之兮，指蒼天以爲正。**我之誦言，有所非忠，指天可正。**令五帝以折中兮，**令五方之帝，以中道折此獄，籲天令之也。**戒六神與向服。**五帝則有五神，月令其帝某，其神某是也。并天神而爲六，向對以服厥辜。

---

① 標題上眉批爲：此篇皆質言，故其詞易曉。然不細玩其淺深轉折，則“竭忠誠”“誼先君”等句，“情沈抑”“心鬱邑”等語，亦似複而無味矣。

俾山川以備御兮，名山大川之神，皆俾備列侍御。命咎繇使聽直。聽其詞之曲直。竭忠誠而事君兮，反離群而贅肬。離于臣群，憎若贅肬。忘儇媚以背衆兮，待明君其知之。儇，輕利。媚，柔佞也。寧爲衆所贅肬，忘儇媚以背衆態，欲待明君之自知之。言與行其可迹兮，情與貌其不變。故相臣莫若君兮，所以證之不遠。我之言行，顯可迹據。中情外貌，又不變更。故從來有相臣莫若君之説，正謂言行情貌，時在君側。所以證其邪正誠僞者，曾不待遠求耳。吾誼先君而後身兮，羌衆人之所仇也。專惟君而無他兮，又衆兆之所讐也。相怨曰仇，必報曰讐。惟，思也。先君後身，以事言；專惟無他，以心言。易人曰兆，則無人不與之仇。進仇爲讐，則此仇在所必報矣。壹心而不豫兮，羌不可保也。疾親君而無他兮，又招禍之道也。義先君，故心不猶豫。而明君之自知，則不可保。專惟君，故親愛其君者急疾。而君不可保，其道適足以招禍矣。

思君其莫我忠兮，忽忘身之賤貧。事君而不貳兮，迷不知寵之門。思君激切，忽自忘此三閭之職。身猶賤貧，賤貧如此盡忠，何以爲富貴者地？又但知事君，而不悟及于寵婞之門，可以托足，禍其能不及哉。忠何辜而遇罰兮，亦非余之所志也。行不群以顛越兮，又衆兆之所咍也。然而盡忠究竟何辜，反遇譴罰，亦非志所及料。行不群于流俗，以致顛越，又何人不以爲咍笑。紛逢尤以離謗兮，謇不可釋也。逢非志之尤，離衆嗤之謗。謗尤交集，紛如亂絲，不可解釋。情沈抑而不達兮，又蔽而莫之白也。衆共蔽之，莫爲之白。心鬱邑余侘傺兮，又莫察余之中情。沈抑之情，至于轡邑侘傺，君又莫能别白而加之察。固煩言不可結而詒兮，願陳志而無路。是以凡物可結束而詒人，若余之中情，萬語千言難盡，固不可結詒。願陳志于君前，終于無路可通也。退靜默而莫余知兮，進呼號又莫吾聞。申侘傺之煩惑兮，中悶瞀之忳忳。退思靜默，則孰辨其冤？進欲呼號，又向誰而訴？語默不可，進退靡從。日有申重，惟此侘傺不寧之煩惑。隱中憂疾，遂至悶懷瞀亂之忳忳。余能無發憤抒情，指蒼天而誦諸神耶？自“竭忠誠”至此，語氣略一束。

昔余夢登天兮，魂中道而無杭。杭，與“航”同。吾使厲神占之，①厲疫之神，蓋夢中占夢。曰有志極而無旁。有志之極，旁無輔助。終危獨以離異兮，曰君可思而不可恃。故衆口其鑠金兮，初若是而逢殆。昔所夢占如此，終以無旁之故。勢危于獨，與君離異。夫亦曰：君但可懷思以自盡其忠，不可因其一時之信任我而遂恃之。惟其難恃，故衆口交讒，則堅金可鑠。我初亦特恃君之由，因來衆鑠之口，若是而逢殆耳。懲熱羹而吹整兮，何不變此志也？欲釋階而登天兮，猶有曩之態也。歠熱羹而懲者，後見冷整亦吹，我何逢殆不懲？不變從前此志，職由意氣高强，不屑借援于人。直欲孤忠感上，如釋階而登天然，所以猶有曩時之態，仍然背衆而不群也，應轉夢登天無杭。衆駭遽以離心兮，又何以爲此伴也？同極而異路兮，又何以爲此援也？②衆人見我猶曩之態，無不驚駭皇遽，離心于我，相

① 此句上眉批爲：夢及厲神，便益不祥。必實有是夢，當非設言。
② 此句上眉批爲：以上他本無許多“也”字，不若有“也”字之更有情味。

與引避，而竊計曰：又何以爲此人之侣伴？君爲臣極，誰不惟君是趍，而彼獨異于衆人之路，又何以爲此人之救援？此以舉朝無德怨者言。晋申生之孝子兮，父信讒而不好。行婞直而不豫兮，鮌功用而不就。忽引入此兩案者，意以申生之死，其父聽信讒姬，素不之好，而我則君嘗好我。鮌之無功，其行婞直，不和悦于人，而我亦未嘗婞直，無伴無援至此，豈有他哉？不過因忠致怨耳。須于言外味之，上下文方浹。

吾聞作忠以造怨兮，忽謂之過言。九折臂而成醫兮，吾至今乃知其信然。① 人亦有云：作忠適以造怨，向也忽略其言。謂之過當，未經磨折耳。人于九折臂後，更歷方藥，遂成良醫。吾至今如九折臂而醫道通，乃知此言爲信然也。矰弋機而在上兮，罻羅張而在下。設張辟以娱君兮，願側身而無所。惟其怨我者多，所以矰弋之矢，則機而在上，罻羅之網，則張而在下。既設且張復辟，多方以娱悦君心。願側身避之，復有何所可避乎？陷害忠良，愚主方爲快意，故小人以此娱之。欲儃佪以干傺兮，恐重患而離尤。承上“側身無所”而言。言我欲儃佪楚地，于求一住身之處，恐重其患而離于尤。欲高飛而遠集兮，君罔謂女何之？欲高飛遠集于他邦，君能無怒而謂汝將何往乎？必錮我而不令去。欲横奔而失路兮，蓋堅志而不忍。欲横奔邪徑，失吾正路，蓋已久堅吾志，不忍爲之。背膺牉以交痛兮，心

① 此句上眉批爲：須知折臂成醫亦成語，並從吾聞帶起。

**鬱結而紆軫。** 三者俱不可，所以後背前膺，分爲兩半以交痛。此心鬱結而紆縈于軫痛之中，我將奈之何哉？惟有益修吾己，飽乎仁義之芳香而已。**檮木蘭以矯蕙兮，糳申椒以爲糧。播江離與滋菊兮，願春日以爲糗芳。** 搗蘭糳椒，是現前所餉。播離滋菊，是豫備春蔬。一以見貧苦無食，食惟草木之滋；一以比善積厥躬，饒有衆芳之畜。**恐情質之不信兮，故重著以自明。** 質物所以取信，如交質子是也。恐情實之質于君者，終不見信，故重言著之以自明。**撟兹媚以私處兮，願曾思而遠身。** 媚，愛也。蘭蕙諸品，皆可愛之芳，又可持以愛媚乎人者也。高舉物以如誇曰“撟”。曾，與“增”通。言我撟舉兹媚，不獲公諸人而私處于此，豈敢忘君哉？願增益其思君之念，而遠君者，特吾之身，則庶幾乎不愧爲人臣耳。總結“專惟君”“莫我忠”“君可思”諸句，所欲自明，正是此願。

## 涉江　因詞有濟湘上沅而名篇。

余幼好此奇服兮，異乎人之服，寓言簡世也。年既老而不衰。此好不衰。帶長鋏之陸離兮，見《馮煖傳》。冠切雲之崔嵬。當時高冠名。被明月兮佩寶璐，吾與重華遊兮瑶之圃。明月，光夜珠。璐，美玉。登昆侖兮食玉英，爲履至高，所養至潔。吾與天地兮比壽，與日月兮齊光。更不止瑶圃之遊矣。哀南夷之莫吾知兮，[①]南夷，謂楚。哀其習于夷俗，無一人能知己，非以莫吾知自哀。旦余將濟乎江湘。當時放原，驅諸湘沅之南，故旦將濟湘。

乘鄂渚而反顧兮，乘鄂州之渚，反顧湖北楚都。欸秋冬之緒風。唉，孺子不足與謀，即此“欸”字。秋冬緒餘之風尤蕭索，故欸之，以比楚事之淒涼。步余馬兮山皋，邸余車兮方林。邸，旅宿之舍。方林，地名。楚南跋涉最甚，濟湘又復山行。夜宿方林邸舍，亦即借地名以比隨寓皆方。乘舲船余上沅兮，小舟曰舲。逆流曰上。齊吴榜而擊汰。船棹效吴地榜樣，故曰吴榜。逆流非一棹能上，故齊舉。汰，水侈貌。船容與而不進兮，似乎

① 此句上眉批爲：自“哀南夷”以後，皆直賦被放之行途與所放之處，但帶有寓言。

亦戀故鄉。淹回水而凝滯。逆流擊榜，故水回舟滯，亦以比己之所遇，如回水中淹滯之舟。朝發枉陼兮，夕宿辰陽。皆地名，亦帶比見放之枉。苟余心之端直兮，雖僻遠其何傷？辰陽以南，愈僻遠矣。一以自解，一以自堅。

入溆浦余儃佪兮，迷不知吾所如。雖則何傷，及入溆浦之界，儃佪難進，迷不知所如。今于何地，蓋思君念切，塗路如迷。深林杳以冥冥兮，乃猿狖之所居。山峻高以蔽日兮，下幽晦以多雨。霰雪紛其無垠兮，積雪山林一片白，川原高下並無垠。雲霏霏而承宇。雲承屋宇，雲在下也。高山居民，每有雲入其室。哀吾生之無樂兮，幽獨處乎山中。吾不能變心以從俗兮，固將愁苦而終窮。

接輿髡首兮，佯狂自髡。桑扈臝行。即莊周所稱子桑户，嘗赤體而行，二子皆自放废者。忠不必用兮，賢不必以。承上起下。伍子逢殃兮，比干菹醢。更不止于放废。與前世而皆然兮，吾又何怨乎今之人。今我獨然吾可怨，與前世而皆然，則知忠賢屈抑，直天道人事之常，又何怨乎今人？吾將董道而不豫兮，董正于道，心不猶豫。固將重昏而終身。既蔽于懷王之世，又錮于頃襄之朝，是重昏也。以此終身而已。

亂曰：鸞鳥鳳凰，日以遠兮。仁賢去國。燕雀烏鵲，巢堂壇兮。群小盈朝。露申辛夷，二種芳草。死林薄兮。叢木交錯曰薄。蔽其雨露故死。腥臊並御，芳不得薄兮。近前爲薄。陰陽易位，内陰外陽，如内小人而外君子。時不當兮。生不逢辰，時之不當。懷信侘傺，懷忠信之情，受侘傺之慘。忽乎吾將行兮。不能遠遊，即將沈水，非謂欲往他邦。

哀郢[①] 原被放時，適會兇荒。郢民流散，己亦發郢，因作此篇。

皇天之不純命兮，皇天純佑下民，兇荒其命乃雜。何百姓之震衍？震恐過甚。民離散而相失兮，方仲春而東遷。仲春正桑田之時，東遷爲救死之計。去故鄉而就遠兮，遵江夏以流亡。自江通漢，還入于江。冬竭夏流，今名夏口，其地稍熟，流民就之。出國門而軫懷兮，甲之鼂吾以行。吾亦此時出國門，目擊此景而痛懷。爰志其日，甲朝以行。發郢都而去閭兮，怊荒忽其焉極。纔發郢都，一離閭閈，怊然慌忽之憂心，便已莫知其届極。楫齊揚以容與兮，哀見君而不再得。及乎登舟，見彼操舟之人，亦既齊揚其楫矣。而乃容與徘徊，若將有待，亦哀吾自兹以往。雖欲見君不可再得，冀有留而不遣之機于萬一也。三閭之枉，舟子咸知，君獨不察，千古酸心。望長楸而太息兮，涕淫淫其若霰。長楸，梓也。舟人尚哀我，涕泪已難禁。忽然望見長楸，故國徒存喬木。孤臣桑梓遠離，能無涕淫若霰。過夏首而西浮兮，顧龍門而不見。夏首，即夏口。龍門，楚南關門。一過

① 標題上眉批爲：哀郢者，哀郢民之散亡，哀郢都之將覆，哀還郢之無期。非一端之哀而已也。自“天不純命”至“江夏流亡”，是哀民。自“出國門”至“侘傺含戚”，皆哀國哀己。而禍之所始，則以小人用事，君聽不聰。“外承歡”至末，所以極言。其情態當分作三段味之。

夏首，惟見夏水西浮，還顧龍門無影矣。心嬋媛而傷懷兮，眇不不知其所蹠。蹠，踐也。雖不見龍門，此心彌戀。戀嬋媛傷懷，眇目遠望，不復能知足之所蹠，已于何地。以上自郢而至洞庭之塗況。順風波而從流兮，焉洋洋而爲客。此則渡湖矣。湖非順風不可渡，言流水洋洋，正不知流于何所，客于何地。今我順風波而從之，亦焉處洋洋而爲客耶。即賦即比。臨陽侯之氾濫兮，忽翱翔之焉薄。陽國之侯溺死，其神能作風波。湖心廣闊處，正陽侯氾濫之區。波浪天高，舟乘其上，忽如飛鳥翱翔，茫不知其焉薄。心絓結而不解兮，思蹇産而不釋。當此之時，身寄險濤，命懸呼吸矣。然愛君之心，尚如絲之絓結，不可解散。憂國之思，猶若孕之蹇産，不釋母胎。轉折俱存無字句處。將運舟而下浮兮，上洞庭而下江。又將轉舟下浮者，既上洞庭之涯，又下湖南之江也。去終古之所居兮，今逍遥而來東。郢都世居，故曰“終古”。反言寄慨，遂曰“逍遥”。

羌靈魂之欲歸兮，何須臾而忘反。背夏浦而西思兮，哀故都之日遠。我身雖則東來，靈魂時欲西歸。何有須臾，不思反郢。向當將過夏首之時，即已背浦西思。哀此故都，日遠一日。況今其遠如此，魂能須臾忘反耶？登大墳以遠望兮，聊以舒吾憂心。須臾難忘，憂心曷任？登墳遠望，聊以舒之。哀州土之平樂兮，悲江介之遺風。遠望欲舒憂，悲哀又交集。哀此故都州土，地廣衍而平，人富饒而樂。悲夫江以西之介，故家舊俗，猶有遺風。今我既遠離此地，而時事又復如斯，州土能保此平樂乎？江介能永此遺風乎？當陵陽之焉至兮，淼南渡之焉如？陵陽，謂江陵之陽，正郢都之處。焉至，謂時事不知胡底。淼，水疾流四散貌。言當陵陽時事不知胡底之際，故都失守，必淼然南渡，則將焉所如以存其宗社。不忍明言，故詞語極其含吐。曾不知夏之爲丘兮，孰兩東門之可蕪？陵陽焉至？南渡焉如？我則慮及于此，而舉朝之人，曾不知渠渠夏屋，將爲丘墟。孰是郢都之兩東門，可聽其荒蕪者乎？銅駝荆棘中之意。心不怡之長久兮，憂與憂其相接。惟郢路之遼遠兮，江與夏之不可涉。既憂身之放废，又憂邦之覆亡。憂憂相接，急欲還歸故都，竭忠圖國。奈思惟郢路，遼遠若兹，又江夏、重川，不可徒涉。江，謂沅湘。夏，謂夏首。忽若去不信兮，至今九年而不復。忽若，忽然也。往者屈，來者信，信之爲言來也。忽若之間，去郢不來，至今已九年不復矣。是篇之作，亦久放無聊，追述前事，故有九年之云。身在放所，不曰“來不反”，反曰“去不信”，抑若身在郢而言之，情味入妙。慘鬱鬱而不通兮，蹇侘傺而含戚。是九年間，慘靡所告，時鬱鬱而不通。蹇無可之，惟侘傺而含戚。夫何使我至于此哉？此皆讒口之蔽明耳。

外承歡之汋約兮，諶荏弱而難持。忠湛湛而願進兮，妬被離而鄣之。汋約，好貌。諶，信也。湛湛，水清無滓貌。被離，如《詩》“成是貝錦”之云。惟彼讒人，外之承順乎君，務得其歡心者，態如美女之汋約。信乎荏苒柔弱，堪愛堪憐，令人不覺心迷意亂，難復自持。所以湛湛清忠，願進君側。彼之妬之，直如美錦之被離而鄣之矣。一説荏弱之質，雖持之猶欲傾倒而難持，似乎極無能，至可憐也。詎知内懷嫉妬，能被離以鄣忠乎？二説皆可，如謂中情荏弱，凡事難有執持，及君難持之以作棟梁之任，則下接“被離鄣忠”，語意並覺其懈。彼堯舜之抗行兮，瞭杳杳其薄天。衆讒人之嫉妬兮，被以不兹之偽名。被離之鄣若何？彼堯舜傳賢，真獨斷獨行之抗行，其遠瞭夫賢不肖，杳杳薄天矣。倘憑衆讒嫉妬之口，何難謂爲不慈，而被之以此僞名。謗堯舜亦尚有辭，誣忠臣何患無辭。必明君然後能察，而今則又有所不能矣。**憎愠惀之修美兮，好夫人之慷慨。衆踥蹀而日進兮，美超遠而逾邁。**忠臣憂國，責難于君，每咨嗟太息，多所愠惀，務求全以修美其國政者，君以爲不近情而憎之。小人輕諾寡算，如□①張儀之絶齊，信秦王之好會，君反嘉其慷慨而好之。所以群邪接踵，踥蹀而日進。君有一言，則從而美其所見之超遠。君有一事，則從而美其所行之逾邁。惟聞諛言，再無逆耳，而君于是乎謂人莫己若矣。須屬小人諛君言，不可作君美小人解。

**亂曰：曼余目以流觀兮，冀壹反之何時？**欲遠其目以觀小人之究竟，其流殆將胡底。奈身放遠方，冀壹反故都，正不知于何時耳。曰“壹反”者，甚難其反之詞。**鳥飛反故鄉兮，狐死必首丘。信非吾罪而棄逐兮，何日夜而忘之？**鳥飛逾時，尚反故鄉，狐死必正其首于丘，不忘所自生也。吾苟有罪，委他鄉溝壑，亦所甘心，信非吾罪，乃鳥狐之不若乎？何日何夜，能忘歸郢。

---

① 此处漫漶不清。

抽思[①] 即“少歌”首句有此二字以名篇。他本“美人抽思”句，作“抽怨”，謂抽拔其怨，亦似有理。今合以篇名，原本當是“抽思”。

心鬱鬱之憂思兮，獨永嘆乎增傷。思蹇産之不釋兮，曼遭夜之方長。愁人最苦長夜，方長苦正無期。悲秋風之動容兮，秋風蕭物，物皆改觀，不但人之容貌。何回極之浮浮。極，謂北辰。季冬之月，星回于天，易夏而秋，回極之始。浮浮，光高上浮也。秋風物容俱動，回極居所浮浮。以比君如北辰，不宜爲陰小所動。數惟蓀之多怒兮，傷余心之慢慢。數，追計也。蓀指懷王。慢慢，憂無已貌。言追計前王所爲，多怒而刑罰不中，則傷余心者，憂無已矣。蓀草遇秋風，形容慘淡，枝葉震蕩，有如多怒之容，亦承上以爲比。願遥起而横奔兮，覽民尤以自鎮。結微情以陳詞兮，矯以遺夫美人。憤懣時事，欲從放所遥起，不由里道，直向君闕横奔。覽察小人之尤，實其罪狀，分别賢奸之案，自鎮其身。而勢不可得，故結情陳詞以遺君，叙其所以作是篇之

① 標題上眉批爲：自起至“遺夫美人”，總叙作詞之因也。自“惜君”至“不實有獲”，備述懷王之所以怒己，皆由信讒。己之所以致疏，特因愛主。而“少歌”則約言之，以結前詞也。“倡曰”一段，則極言被放之苦，思歸之甚。欲襄王憐察其冤而反之。“亂曰”一段，則又承“倡曰”之意，唱嘆以結之也。一篇之中，旨分兩截，故有“少歌”與“倡”與“亂”以爲之節。《九章》中又另一體。

意也。矯，舉也。美人，指襄王。懷王已陷秦邦，群小仍盤君側。原故數往事而加憂，願横奔以悟主，苦于無路，因有是篇之作耳。**昔君與我成言兮，曰黄昏以爲期。羌中道而回畔兮，反既有此他志。** 昔，向也。回畔，即《騷》篇“改路”之云。自此至“少歌”，皆述懷王時事，欲襄王察之。**憍吾以其美好兮，覽余以其修姱。與余言而不信兮，蓋爲余而造怒。** 憍，虚憍也，與“驕”微别。“驕”以態言，“憍”以志言。美好，謂富貴威福。修姱，謂才能。因他志而惑于小人，故向也未嘗挾貴。自此則以其美好憍吾，不但已也。且賣弄修姱，使余覽視，不但已也。凡與余言，皆不信實，不但已也。多怒之端，蓋皆爲余而造。余之見疏，日甚一日矣。

**願乘閑以自察兮，心震悼而不敢。悲夷猶而冀進兮，心怛傷之憺憺。** 察，明也。憺憺，安静貌。正當造怒之時，無從辨白心迹，願乘其閑暇，或者心平氣和，余可以自察。正恐復逢其怒，因而震悼不敢。遂如犬子之夷伏于地，冀望主人前進而身得近之。心雖怛傷，只憺憺安静，默無一語，豈不悲哉！**兹歷情以陳詞兮，蓀詳聾而不聞。固切人之不媚兮，衆果以我爲患。** 夷猶憺憺，終不我顧，不得已歷叙其情以陳詞，則蓀輒佯聾而不聞。固由我與君關切之人，不能爲柔媚之語，其言切直，非所樂聞耳。然而君雖置若罔聞，衆則生心愈甚。蓋衆皆獻媚，我獨直言，萬一吾詞屢陳，焉知君不忽悟，果以我爲患。不屏諸遠地，則此患不除，所以至于放逐也。**初吾所陳之耿著兮，豈不至今其**

庸亡？ 何獨樂斯之謇謇兮？ 願蓀美之可完。[①] 因我歷情陳詞，犯衆患而罰滋甚。 獨不思初吾所陳之詞，耿明昭著于耳目，豈不至今猶可覆視，其用亡諸乎？ 吾何獨樂爲此謇謇忠言？ 不過願君德之美，可以成就耳。 望三五以爲像兮，指彭咸以爲儀。 夫何極而不至兮，故遠聞而難虧。 吾望之以致君者，三皇五帝之像。 吾指之以自矢者，彭咸盡瘁之儀。 意亦曰：何儀像之極之所存，人有力趍而不至者乎。 故凡遠聞諸古者，所聞雖似迂闊，其道甚有難虧，不敢不責難于君耳。 何極不至，猶孟子所云人皆可以爲堯舜也。 遠聞難虧，猶規矩方員之至，不以堯之所以治民云云也。 善不由外來兮，名不可以虚作。 孰無施而有報兮，孰不實而有穫？ 凡事無可僥倖，三五至今，未之有易，遠聞所以難虧。

少歌曰：樂節名，猶曰小歌，言詞之鮮少而該。 與美人之抽思兮，并日夜而無正。 憍吾以其美好兮，敖朕詞而不聽。 欲與君抽拔思慮，使之明于理義，不蔽于邪。 乃并日夜之力，一無正于君。 特緣美好自憍，敖朕詞爲不屑聽耳。 懷王一生病根，全在乎憍，故重言提出。 言若未了，歌逐止者。 見喪師促國，身陷秦邦，只一矜己自伐，不聽忠言。 欲襄王鑑之，無陷前轍，故有餘不盡，令其細想。

倡曰：亦樂節名，更端再歌之意。 有鳥自南兮，集于漢北。 原生于夔峽，仕于鄢郢，自南集北也。 好姱佳麗兮，牉獨處此異域。 遠放蠻荒，非人居處。 既惸獨而不群兮，又無良

---

① 此句上眉批爲：其詞若怪懷王，不綜核其初陳其意，寔欲襄王一細查此前案，故曰“至今庸亡”。

媒在其側。既自甘惸獨，不入小人之群，又苦無良媒，介在君臣之側。道卓遠而日忘兮，願自申而不得。道遠日久，君漸忘此放臣。欲申其冤，無路通而不得。望北山而流涕兮，臨流水而太息。白日之苦。望孟夏之短夜兮，何晦明之若歲。永夜之難。惟郢路之遼遠兮，魂一夕而九逝。郢路若斯遼遠，一夕魂常九逝。曾不知路之曲直兮，南指月與列星。能九逝者，路之曲直，魂曾不知，但從南方，指月星爲向背耳。願徑逝而不得兮，魂識路之營營。徑逝，直達君所也。營營，頻往來貌。不能直達君所，故魂藉月星而識路，不憚營營。何靈魂之信直兮，人之心不與吾心同。理弱而媒不通兮，尚不知余之從容。何我之靈魂，既信且直，而人心不與吾同。不以我爲信直，反以我爲理弱，莫肯爲媒以與我通。庸知余之爲余，非但不理弱，不止懷信直，誠有患難不能回其節，生死不足動其心。甚從容于此者，蓋尚不知余之從容耳。

亂曰：長瀨湍流，泝江潭兮。狂顧南行，聊以自娱兮。自江而湖，自湖而湘，皆泝流南行。顧盼狂肆，聊以自娱，足見從容矣。軫石崴嵬，蹇吾願兮。路見大石如軫，崴嵬以高。己之願力，亦如此安定而難降。超回志度，行隱進兮。超世俗之回邪，志先民之法度，以致此行，隱痛前進。低佪夷猶，宿北姑兮。猶望君之反己，故夷猶宿北姑之地。煩冤瞀容，實沛徂兮。煩冤之至，瞀亂其容，實顛沛而徂往。愁嘆苦神，靈遥思兮。愁嘆以自苦其神，靈魂尚遥思君國。路遠處幽，又無行媒兮。路遠難于自通，處幽君不及察，又無往來作合之人。道思作

**頌，聊以自救兮。憂心不遂，斯言誰告兮。**道達幽思，作爲此頌，聊以自救其憂心之無奈。至于憂心，料不能遂，斯言又將誰告乎?

## 懷沙[①] 將懷抱沙石以沈江而作。

滔滔孟夏兮，草木莽莽。傷懷永哀兮，汩徂南土。滔滔，謂孟夏時之水。此叙其始放之時。眴兮杳杳，孔静幽默。瞬目曰“眴”。此言其被放之處，寂寞深山無與語。鬱結紆軫兮，離愍而長鞠。撫情效志兮，冤屈而自抑。鬱結紆軫，以離此憂愍而長于鞠窮，甚無生趣矣。但循撫己情，考效己志，不愧不怍，所以雖冤屈而自抑制，未激昂而即就死。下文正“撫情效志”之實也。

刓方以爲圜兮，常度未替。易初本迪兮，君子所鄙。欲刓方爲圜，去廉隅而作磨稜之態，則端方之常度固存，未能替废。職以初服之有本衷，有廸蹈，而一旦變易之，實君子之所鄙夷，吾不屑爲此也。章畫志墨兮，前圖未改。内厚質正兮，大人所晠。行已如木之有繩，既已明章其畫，則所志在墨。而從前章畫之圖，未之可改。惟不遷于外物，内自厚其質直正大之情。斯大人所稱盛節，吾何爲不然乎？八句反正作對，如今時對股體。巧倕不

---

① 標題上眉批爲：自起至“冤屈自抑”，叙彼放之苦。“刓方”至“揆正”，述生平之節。“玄文”至“一概相量”，慨俗眼之顛倒。“黨人鄙固”至“邈不可慕”，極言世無知己，己亦難知，生不逢時之故。“懲違”至“限大故”，是强爲善而進退無門，雖生無益矣。“亂曰”以下，則直賦其懷沙之志。

斫兮，孰察其撥正。拙匠頻斫，巧倕不斫，蓋其撥于木理者正不費斧斤之用，不煩削屢之勞耳，然而人孰察之？以比己之所鄙在彼，所贓在此，確有定撥，而無所遷就改易于其間也。承上“方圜畫墨”總言之，又起下文“人莫能知”之意。

玄文處幽兮，矇瞍謂之不章。離婁微睇兮，瞽以爲無明。以玄色之文，處幽暗之地，矇瞍必謂之不章明而無可辨别。倘遇離婁，微加睇盻，則并離婁詆之，以爲無明而漫睇，舉世盡皆矇瞽，誰能瞭及幽隱者乎？觀“離婁微睇”語，當時猶有一二人知原，如宋玉者即是，必並爲楚人所排擠矣。變白以爲黑兮，倒上以爲下。鳳凰在笯兮，雞鶩翔舞。同糅玉石兮，一概而相量。[①] 玄文不察，猶可言也。甚至以白爲黑而變亂其是非，以上爲下而顛倒其位置。鳳凰則羈諸粗賤之籠，雞鶩則恣其翔舞于前。雜玉于石而同糅之，量之以一概，種種不平，直至此矣。概，平量口木。夫惟黨人之鄙固兮，羌不知余之所臧。皆由貪位慕禄之黨人，其鄙已甚，牢固難破。出妬賢之技，蔽人主之明。凡余所有之善，悉爲之鄣，而君遂不知，于是乎笯鳳而糅玉矣。任重載盛兮，陷滯而不濟。懷瑾握瑜兮，窮不知所示。邑犬群吠兮，吠所怪也。非俊疑傑兮，固庸態也。[②] 向之托我以國政者，任極重，載極盛，既已陷滯其車而不獲終濟。今之退修吾初服者，懷其瑾握其瑜，窮于賞識無人而莫之可示，豈惟窮于所示？且群

---

① 此句上眉批爲：從“方員畫墨”到“巧倕離婁”，從“玄文”到“黑白”，字句相生，暗中段落，令人無縫可覓。

② 此句上眉批爲：詞愈刻而愈快，意愈慢而愈平。然即“犬吠”數語，以想其生平出言吐氣，亦必見恨于小人矣。

起而加之謗詈矣，然此何足異？ 邑犬群吠，吠其所不經見而怪之也。天下俊傑所爲，亦世俗所不經見，非之疑之，猶之犬吠，庸人之態固然耳。 文質疏内兮，衆不知余之異采。 材朴委積兮，莫知余之所有。 余所自具之文，不務致飾，惟以其質，中通理而疏，外簡默而内。 此天然異采，實衆所不知。 譬如良材，未雕未琢，朴而委積于地，則遂莫知任棟梁而堪巨室者，並余之所有矣。

重仁襲義兮，謹厚以爲豐。 重華不可遻兮，孰知余之從容。 古固有不並兮，豈知其何故？ 湯禹久遠兮，邈而不可慕。 余仁日累而重義時徙而襲，謹慎厚重以爲豐富。 必濬哲如舜，斯有以耿吾，乃重華不可遻。 孰知余之所養，有若是之從容者乎？ 因思聖賢之生，不遇明主，莫與之並。 古固有之，豈知其故。 湯禹久遠，又不可慕思，聖帝明王無一作，余生誰與並哉！ 文質疏内，以學問之蘊藉言；材朴委積，以才能之勝任言；重仁襲義，則以德性之涵養言。 意外而逢曰遻。 古“固有”二句，承上貫下之詞。 懲違改忿兮，抑心而自强。 離慜而不遷兮，願志之有像。 生莫余並，是以修其在我。 違則懲之，不貳吾過，忿則改之，不憑吾怒。 抑制此心，勉强爲善。 雖遭憂慜，初服不遷，無復願望于人間，願此志獲成而有像，爲世表儀而已矣。 進路北次兮，日昧昧其將暮。 舒憂娱哀兮，限之以大故。 欲進路而次于北，則君昧昧如將暮之日。 料必無路可通，欲自舒其憂，以哀爲娱，則生也有涯。 死期將至，限以大故，偷生亦復幾時。

亂曰：浩浩沅湘，分流汩兮。 路修幽蔽，道遠忽兮。 汩然長逝而不反者，此沅湘之分流也。 人世生之路短，死之路長。 修遠幽蔽，既冥且遥。 今我之道之遠，在忽然之頃矣。 懷質抱情，獨無匹兮。 伯樂既没，驥焉程兮。 懷芳澤之質，抱忠信之情，惸獨而無匹合。 猶之世無伯樂，驥馬焉程其品德乎? 民生禀命，各有所錯兮。 定心廣志，余何畏懼兮。 民生禀命于天，天各有所錯置之。 夭壽窮通，惟天所錯，人莫能爭。 但心不摇動于死生則定，志不芥蒂于往事則廣，夫何畏懼于死。 與命終時最難得此定力。 曾傷爰哀，永嘆喟兮。 世溷濁莫吾知，人心不可謂兮。 我之所以增其傷哀，喟然永嘆者，特以舉世溷濁，無一知吾，人心盡邪，不可與語。 非懼死而有所眷戀其間也。 知死不可讓，願勿愛兮。 明告君子，吾將以爲類兮。 人生凡事皆可辭讓，獨死不可讓。 命數當終，孰容汝讓。 殺身成仁，讓益不可，讓仍無用。 達得此理，識得此義，願人于不可讓之時，慎勿愛惜其死。 明告天下後世之君子，吾將以勿愛死，爲爲人臣子之式様矣。類，式也。

# 思美人①

思美人兮，擥涕而佇眙。媒絶路阻兮，言不可結而詒。因思故涕，涕久故擥。收泪復思，佇立呆眄。職以莫肯爲媒而媒絶，無路可通而路阻。婚媾之言，無從結而詒也。蹇蹇之煩冤兮，陷滯而不發。申旦以舒中情兮，志沈菀而不達。媒絶路阻，故蹇而又蹇之煩冤，陷滯于此，不能發泄。雖旦復旦以自寬自解，舒此中情，而志猶沈埋菀積，莫之有達。極言其不發之苦也。願寄言于浮雲兮，遇豐隆而不將。因歸鳥而致辭兮，羌迅高而難當。雲畏豐隆，不與將言。比楚國浮泛之人，畏令尹子蘭之震怒，必無代言諸王者。歸鳥迅飛高舉，難于相值。比貴仕之輩，有事湘南，歸報朝廷者。皆急行不顧。當，值也。高辛之靈晟兮，遭玄鳥而致詒。欲變節以從容兮，愧易初而屈志。獨歷年而離愍兮，羌憑心猶未化。寧隱閔而壽考兮，何變易之可爲。承上“歸鳥”生詞。言惟高辛之靈盛，能遭玄鳥而致詒。我必不能，則必不能陳情君側矣。然欲我變生平之節，從流俗之爲，則自愧易吾初服而屈吾素志。所以甇甇一身，歷有年所，遭此愍憂。悶滿心胸，節猶未化。吾豈但歷年猶未化哉？人生隱痛憂閔之遭，速死爲幸。倘偏令壽考，此境誰堪？我寧如

---

① 標題上眉批爲：此篇專爲襄王而作。

是，他無變易可爲。世俗寵利情殷，君臣義薄，處原之局，非攀援貴幸以復官，即懟怨其君而他適矣。故曰“從容”，曰“變易”。自起至此，備言思君無路可通，己節終于不變也。

知前轍之不遂兮，未改此度。車既覆而馬顛兮，蹇獨懷此異路。勒騏驥而更駕兮，造父爲我操之。遷逡次而勿驅兮，聊假日以須時。① 前轍，謂懷王之轍。呼襄王而欲使知之。意若曰：王亦知前轍之所以不遂，特因矜己自用，信讒遠忠，此度未改，乃至見欺于張儀，喪師失地。車既覆而馬用顛，尚猶聽信小人，獨安此回邪之異路，前事所由不救耳。今王嗣立，即當任用豪傑，勒騏驥而更駕，令善調御如造父者，爲我操其轡。遷步之法，當逡巡漸次，勿用急驅。聊假有餘之日，以須可騁之時。庶不蹈前車而繼世可競，原見楚之國勢，必不能遽駕于齊秦。懷王貪利欲速，以致車覆馬顛，故有“逡次”“勿驅”“假日”“須時”之語。此段因思君不變節，不覺心縈往事。比詞而切陳之，言懷王之所以失，襄王當鑑而反厥所爲。與前後段落，本不相蒙，而乃“未改此度”，似承“變節”等句來。下“西限”“纁黄”，又似承“假日”“須時”去。詞陣迷人，遂至人莫能解。

指嶓冢之西限兮，與纁黄以爲期。開春發歲兮，白日出之悠悠。吾將蕩志而愉樂兮，遵江夏以娛憂。嶓冢西限，日入處。纁黄，日入色。懷王已暮之日，故以此比。指之與爲期者，誓不負于懷也。新春白晝正長，襄王始升之日，故以此比。曰“開”，曰“發”，曰“出”，甚有望于襄也。能輔襄有爲，即所以

---

① 此句上眉批爲：“未改此度”即《騷》篇“不改此度”之謂。“異路”，非《惜誦》“同極異路”之云。一不細辨，上下詞旨盡訛。

報懷。幸其履位新而開春發歲，春秋富而出日悠悠。故將縱蕩此致主澤民之志，既愉且樂，遵乎江夏以娛快其宿昔之憂心。獨言江夏者，身在放所。遵江夏，則去郢不遠，漸得近君，即現在之境，以比得近乎君也。又漢水出于嶓冢，會于江夏。一源也，一委也，父源而子委。前日“指嶓冢”，故後曰“遵江夏”。擥大薄之芳茝兮，搴長洲之宿莽。惜吾不及古之人兮，吾誰與玩此芳草。解篇薄與雜菜兮，備以爲交佩。大薄，叢林也。篇薄，路旁草果，形如小梨。雜菜，菜之無足名者。二者皆比庸碌小人。言我從江夏間，　芳茝于大薄，搴宿莽于長洲，芳草盈囊，真堪玩賞。惜吾生也晚，不及古之聖帝明王，誰與共玩。然亦何必古人，脱或今人。醜篇薄之與雜菜，不堪爲佩，而一旦解之，獨非吾持贈芳草之時乎？我佩此，令彼亦佩此，交相爲佩，夫豈不善，故備之以爲交佩耳。望襄王解去庸才，己得以其芳香進也。須如是講，不然，篇薄雜菜，决非原之所佩，則何從有解，解者將屬何人？佩繽紛以繚轉兮，遂萎絶而離異。吾且儃佪以娛憂兮，觀南人之變態。豈知芳草之佩，正繽紛可觀，繚轉可愛，隨復萎絶吾芳，離異吾佩。言襄王之即行放逐也，是皆南人妬我而爲此。惟彼南人，既讒正于懷朝，又逐賢于今日，變態百出，未知究竟何如。我且不死不行，儃佪于此，以憂爲娛，觀彼南人之變態。

竊快在中心兮，揚厥憑而不竢。芳與澤其雜糅兮，羌芳華自中出。紛郁郁其遠烝兮，滿内而外揚。情與質信可保兮，羌居蔽而聞章。任彼變態窘吾，竊快在吾中心者，揚發其所充滿而不俟外求。吾芳澤雜糅于身，吾芳華皆自中出。紛然郁郁之華，其芳烝及乎遠，良由飽滿于内而其外發揚，内外如一。

情之與質，毫無虛假而信乎可保，故雖居鄣蔽之地，聲聞日以章明。漁父能識其賢，舟子亦哀其放，原之聞章可見矣。令薜荔以爲理兮，憚舉趾而緣木。因芙蓉以爲媒兮，憚褰裳而濡足。惟自足于己，恥有求于人。雖切美人之思，不作倩媒之事。薜荔芙蓉，尚猶憚令憚因，況腥羶穢濁之竇乎。緣木，比上援貴顯。濡足，比下因婦寺。登高吾不説兮，入下吾不能。固朕形之不服兮，然容與而狐疑。憚緣木者，登高則附勢而吾不悦，憚褰裳者，入下更無恥而吾不能。無論我生平志節，不屑爲此。即據朕形，從未具此面目，　此態度，固不服習，能無憚乎？然吾任吾情，身雖容與，而吾撫吾願，心介狐疑，疑美人之果終絶我耶，抑尚或反余耶？廣遂前畫兮，未改此度也。命則處幽吾將罷兮，願及白日之未暮也。獨煢煢而南行兮，思彭咸之故也。[①]前畫，謂初事懷王之謀畫。未遂于懷，將廣而遂之于襄，奈懷王未改此度，襄亦未改此度，知前畫之必不遂矣。然此心惓惓，命則處幽，將罷欲絶，而顧瞻白日，雖不若開春發歲，東方始出之時，幸猶未暮。願及此時，爲之整頓，國事尚可挽回。如其終不可得，仍是獨行煢煢于南土，則惟有一死以報朝廷，思彭咸之故事而已也。自“思美人”至“迅高難當”，言慕君之至，無路可通。自“高辛靈晟”至“變易可爲”，言君雖隔絶，臣節不移。自“前轍不遂”至“假日須時”，言懷王覆轍，襄宜改圖。自“嶓冢西隈”至“備爲交佩”，言不負前王，厚望新主。自“被繽紛繚轉”至“居蔽聞章”，言屈遭放废，芳潔仍腴。自“薜荔爲理”至“容與狐疑”，言不屑援人，終未絶望。“廣遂前畫”以下，則總前詞而結言之也。

---

① 此句上眉批爲：“前畫”“前轍”及兩“遂”字，兩言“未改此度”，正緊緊呼應處。

## 惜往日[1]

惜往日之曾信兮，受命詔以昭時。奉先功以照下兮，明法度之嫌疑。國富强而法立兮，屬貞臣而日娭。人時經國之本，故首昭時。奉先功，故富强，明法度，故法立。國政屬付貞臣，故君無事而日娭，所謂逸于得人也。娭，與“嬉”同。秘密事之載心兮，雖過失猶弗治。心純龐而不泄兮，遭讒人而嫉之。秘密事載心，腹心之托，雖過失弗治，格外之恩，已來衆忌矣。又以此心純一無貳，龐厚不佻，不以幾事輕泄。讒人恨不與謀，又無從窺探王意，因嫉之而遂進讒言。君含怒以待臣兮，不清澂其然否。蔽晦君之聰明兮，虚惑誤又以欺。怒含則無從申辨，且并不知君之怒已。含怒而不清澄然否，則讒人益無忌憚。遂至蔽晦君之聰明，造虚無莫對証之語。惑誤其聽，又加之以面欺，雖明可對証者，亦公然誣陷矣。弗參驗以考實兮，遠遷臣而弗思。信讒諛之溷濁兮，盛氣志而過之。始之不清

---

① 標題上眉批爲：此篇詞質而易曉，然須分清段落。“惜往日”至“盛氣”，言懷王。“何貞臣”至“何由”，言襄王。“聞百里”至“縞素”，援古以自慨。“或忠信”至“使讒諛”，概論古今暗主。“自前世”至“如列宿”，復言懷王。“乘騏驥”一段，慨懷兼慨襄。然後結言具所以死與其所以作是篇之意。

澄，聽讒猶帶分毫之疑，此之弗參驗，酬讒直如聲響之應。遠遷何事，可弗思其罪之果否乎？職因讒人工于獻訣，以訣行讒，不覺深信。賢奸之辨，溷濁不分，畹其氣志，督過于我。何貞臣之無辜兮，被讒謗而見尤。慚光景之誠信兮，身幽隱而備之。臨沅湘之玄淵兮，遂自忍而沈流。卒没身而絶名兮，惜廱君之不昭。追思往日，以迄于今。何貞臣之苦，一至此乎，實係無辜，一被讒謗，即便見尤。于今對四時光景之誠信，竊自懷慚，慚偷生無謂矣。念此身幽隱如覆盆，猶備讒口，更備防無已矣。是以臨彼玄淵，自忍沈流，身之既死，世復誰知。是没身而絶名也，夫又何言。但恐廱君之罪狀，不昭著于人間，故不能已于斯篇之作耳。此句，一篇大王意，後故重言以結之。按，原放之，懷放之，襄復放之，而死則于襄之世。此段遽及臨淵自沉，則知"何貞臣"之句，蓋因咨嗟往事，而遂嘆及目前也，故後文又有"自前世"之云。衆怨曰讒。廱，古"壅"字。君無度而弗察兮，使芳草爲藪幽。焉舒情而抽信兮，恬死亡而不聊。獨鄣廱而蔽隱兮，使貞臣而何由。君能自貞其度，然後能察下情，無度而聲色貨利交進，則賢奸忠佞斯肴，使芳草淪爲藪幽，不復獲見天日。焉所舒其情，誰與抽其信，是以恬于死亡而不聊生也。若猶不死則舉朝皆讒佞，獨鄣廱而蔽隱之，將使貞臣何路之由乎？

聞百里之爲虜兮，伊尹烹于庖厨。吕望屠于朝歌兮，甯戚歌而飯牛。不逢湯武與桓繆兮，世孰云而知之。晋滅虞，虜百里，媵諸秦，亡走宛。被執而秦繆贖之，故曰"爲虜”。此言生既不如伊吕奚戚。吴信讒而弗味兮，子胥死而後憂。介子忠而立枯兮，文君寤而追求。封介山而爲之禁兮，報大德之優遊。思久故之親身兮，因縞素而哭之。①宰嚭甘言，子胥苦口，美疢惡石，弗之味也。夫差後憂，則猶悟子胥之忠。介推不言禄，忠也，禄亦弗及，立枯矣。晋文如梦方覺，然後追求。封綿上爲介山，禁民樵采，以報其入山自焚，優遊之大德。思此久從亡之故舊，曾割股以親愛其身，因縞素哭之。此言死又不如子胥介推。或忠信而死節兮，或訑謾而不疑。弗省察而按實兮，聽讒人之虚辭。芳與澤其雜糅兮，孰申旦而别之。何芳草之早夭兮，微霜降而下戒。諒聰不明而蔽壅兮，使讒諛而日得。或忠信無以自明，致令死節，或訑然謾罵良士，人主不疑。弗省察按實，聽讒人訑謾之虚辭。彼懷抱忠信者，雖芳澤雜糅于身，如日之永晦，孰重旦而别白之。何國有仁賢，隨即淪喪，如芳草之早夭乎。微霜始降，而下地之民，即爲儆戒，必且愛護此芳，藏之于室。讒言始進，正微霜也，夭芳即在目前，人主胡獨不省？信乎有聰不明，受其蔽壅，故使讒諛之人，日益得志耳。此段雖承上以概論古今之暗主，其實嘆悼襄王，故下文緊接“前世嫉賢”。自前世之嫉賢兮，謂蕙若其不可佩。妬佳冶之芬芳兮，嫫母姣而自好。雖有西施之美容兮，讒妬入以自代。願陳情以白行兮，得罪過之不意。情冤見之日明兮，如列宿之錯置。前世，謂懷王之世。若，杜若也。嫫母，黄帝妻，貌

---

① 此句上眉批爲：子胥略，介推詳。詳略錯綜，古文多有。今見賦中，可悟文章一道。體格有異，變化無殊。

極醜。姣，妖媚態。自好，自以爲好也。雖有美女如西施，嫫母讒而妬之，入以自代，懷王之世，嫉賢情狀如此。此時我非不欲陳情于王，自白其行，奈罪過得于不意，忽然遠遷，使我欲白無及。此情此冤，見之旭日之光明，直如列星之錯置，情冤無不朗朗，亦正無從計數也。**乘騏驥而馳騁兮，無轡銜而自載。乘氾泭以下流兮，無舟楫而自備。背法度而心治兮，辟與此其何異。**騏驥雖堪馳騁，可無僕夫之轡銜而自駕載乎？氾泭雖當順流，可無烝徒之舟楫而自備具乎？不信仁賢，背棄法度，而師心以治國，僻何以異于是。楚國之藉，王位之憑，正如駿馬順流，奈僻于自用何。所以深悼懷王，而襄王之僻仍爾也。**寧溘死而流亡兮，恐禍殃之有再。不畢辭以赴淵兮，惜壅君之不識。**吾寧溘死流亡者，恐前世禍殃，于今有再，不忍復見耳。吾不畢盡其言以赴淵，惜讒人之種種壅君，君在術中而識乎？不識也，禍殃斯必不免矣。深所以叮嚀頃襄，亦遍告後世之爲君者。

# 橘頌①

后皇嘉樹，橘徠服兮。后皇，謂楚王。心嘉樹植之事，故橘樹千林，若或招徠，服于兹土。夫木猶嘉樹，王豈不思樹人？橘且從王，賢豈不圖報國？言外味深長。受命不遷，生南國兮。品物之生，受于天者，皆有各正之命。然久而或遷其臭味，橘則不遷以生南國。深固難徙，更壹志兮。其根深，其蒂固，難可移徙于他方。橘逾淮而北，則爲枳矣，更如此無貳心而壹志。不遷，言楚地無變遷。難徙，謂他方輒改變。緑葉素榮，紛其可喜兮。其花白，故曰“素榮”。花葉俱紛然繁盛可喜。曾枝剡棘，圜果摶兮。剡，尖且利也。棘，刺也。摶，圜甚貌。增叠其枝，剡利其棘，果結枝頭，圜而摶若。青黄雜糅，文章爛兮。未熟者青，已熟者黄。雜糅相間，文章爛然。精色内白，類任道兮。精采在色，其内則白。任道之人，英華外發，而色精。誠積中而内白，豈不相類？紛緼宜修，姱而不醜兮。紛緼，茂密貌。凡樹修長者，柯幹挺然，多不紛緼，遂覺醜觀。橘獨紛緼而宜于修，姱而不醜。

嗟爾幼志，有以異兮。橘雖幼小，隨有果實，品味且佳，

① 標題上眉批爲：是篇不分段落，每兩句一意，而由淺入深，起得鄭重，結得簡嚴。後人作頌，句錘字練，不及其工。

既有而復異也。**獨立不遷，豈不可喜兮。** 其不遷者，其獨立之强，不同他樹，豈不可喜乎。**深固難徙，廓其無求兮。** 其難徙者，其介性廓然，無求于外，不屑他方水土也。**蘇世獨立，横而不流兮。** 雖死而復生于世，獨立依然，患難不能折。雖其生繁衍而横，品質不流，富厚不能動。**閉心自慎，終不過失兮。** 有子如心，囊包子，皮裹囊，閉心自慎之象。所以風雨飄摇，人民剥落，不能侵及其子，過失終不及也。**秉德無私，參天地兮。** 體圓不雜欹形，味甘不間旁味，德無私也。圓故擬于乾象，甘故合乎土德，參天地也。**願歲並謝，與長友兮。** 人死則謝歲，原願與橘長友，死而後已，謝歲方并謝橘耳。**淑離不淫，梗其有理兮。** 淑，善也。離，行列分明于樹頭也。不淫，即不遷難徙也。梗，强立貌。理，内具文理也。總言而嘆慕其德，以明願長友之意。**年歲雖少，可師長兮。** 數歲之橘，並堪師長。**行比伯夷，置以爲像兮。** 行比伯夷之清，置此于前，即是伯夷之像。

## 悲回風[①]

**悲回風之摇蕙兮，心冤結而内傷。物有微而隕性兮，聲有隱而先倡。** 回風摇蕙，秋令之始，故悲。冤結于心，值悲風而内自傷感。傷此蕙物良微，芬芳之性隨隕，風聲雖隱，肅殺之威先倡。賢士孤力而微，輒蒙罪罟。宵小陰謀而隱，職爲亂階，亦如回風之摇蕙耳。**夫何彭咸之造思兮，暨志介而不忘。萬變其情豈可蓋兮，孰虚僞之可長。** 然而彭咸所造忠君之思，及乎此志介然，不忘初念。雖歷萬變，其情豈可掩蓋，若是者何哉？良由造思無虚僞耳，孰虚僞而可以長久乎？**鳥獸鳴以號群兮，草苴比而不芳。魚葺鱗以自别兮，蛟龍隱其文章。故荼薺不同畝兮，蘭茝幽而獨芳。** 惟無一可以虚僞也。彼鳥獸之鳴，各號其群，非其群者不號矣，則知君子小人，相感以類。無名之草，枯萎之苴，雖種種比合，必無芳氣，則知比周之黨，臭味堪憎。魚鱗如葺屋之瓦，以此自别，鱔鯊鰋鯉，人盡得而别識之。若蛟龍則隱其

---

① 標題上眉批爲：此篇詞若難曉者，特以寓言之多。然段落本自井然，比詞亦無晦義。自起至“蘭茝獨芳”，因回風而感慨古今也。“佳人永都”四句，則賦及于己，先明作是篇之意。自“佳人獨懷”至“昭彭咸”，極言放废之不聊，擬欲投江也。自“登石巒”至“托彭咸”，雖欲投江，尚懷郢事，卒無可解，因决意赴水也。“上高巖”至終，則皆從死後而自擬其神魂之所四往，靈魄之所欲爲。無非寓言，無一生前話矣。

文章，世莫能見，則知庸才易品題，賢者難物色。故荼苦薺甘，必不同畝而植，焉有忠佞可以同朝者乎？蘭茝雖居幽僻，獨著芳香，焉有賢人至于改節者乎？前四句，廣推物理，明無虛僞可爲，亦即借回風光景作寓言。蓋令屆深秋，正鳥獸號群，草苴咸萎，魚鱗葺，蛟龍蟄之時也。後二句，則引起身之不見容，節之終不變，雖承上而實起下矣。

惟佳人之永都兮，更統世以自貺。眇遠志之所及兮，憐浮雲之相羊。介眇志之所惑兮，竊賦詩之所明。佳人，原自況也。思此佳人之都，永久不變，宜乎見貺于君，乃自懷及襄，更歷統世，君莫吾知，惟以自貺。故幽眇莫知之遠志，所及雖天際之高，而舉世無徒，空虛無着，無異浮雲，則亦見浮雲而憐惜，與之相羊而已。吾兹眇志，向爲讒人之所惑亂君聽者，今且介于疑似，不言無以自明，非長言咏嘆，猶不足以明之，竊賦詩之所明耳，見不能已于斯篇之作也。惟佳人之獨懷兮，折芳椒以自處。曾歔欷之嗟嗟兮，獨隱伏而思慮。人莫懷佳，佳人獨懷，所獨懷者，折此芳椒，無從遺贈，祗以自處。折芳何用？增益歔欷，嗟嗟何已，歔嗟誰告，且羞對人，獨眠隱伏，思君慮國。涕泣交而淒淒兮，思不眠以至曙。終長夜之曼曼兮，掩此哀而不去。涕交至曙，身眠思不眠。長夜難終，掩哀哀不去。寤從容以周流兮，聊逍遥以自恃。傷太息之愍憐兮，氣於邑而不可止。不寐寤何來，姑以曙爲寤。擬從容以周流山野，聊逍遥以自作主張，希幸晝非夜比，或能自恃，不爲哀思煎迫耳。豈知正欲逍遥，不覺感傷太息，自愍自憐，至于哭不出聲，於邑難止，將奈之何哉？糾思心以爲纕兮，編愁苦以爲膺。折若木以蔽光兮，隨飄風之所仍。存仿佛而不見兮，心踊躍其若湯。撫佩衽以案志兮，超惘惘而遂行。無可奈何，因而糾結其思心以爲佩纕，編輯其愁苦以爲膺服。一則不使思愁散亂，一則安之如若固常。夫且折取若木，拂日以蔽其光，飄風之所因仍，我即隨之而去，如同閉眼，一任風吹。其如目雖如閉，但存仿佛之形，不復朗見。心則熬煎，踊躍若湯之沸，不可弭忘，又將奈之何哉？則又從而撫此所糾之佩，所編之衽，以案定此志，超然惘惘，不復辯取南北西東，遂行而作逍遥之事。歲曶曶其若頽兮，時亦冉冉而將至。薠蘅槁而節離兮，芳已歇而不比。乃還顧年歲，曶曶若頽，老死之時，冉冉將至。薠蘅並槁，其節脱離，芳氣無存，不可比合。惘惘之行安往哉？歲暮則草枯，草枯則節脱，節脱則無芳。又即借悲風時景物，以比己之日暮途短。芳香莫合，無妄之往不如死。憐思心之不可懲兮，證此言之不可聊。寧溘死而流亡兮，不忍此心之常愁。孤子吟而抆淚兮，放子出而不還。孰能思而不隱兮，昭彭咸之所聞。① 自憐思君之心，既不可懲創而止，又欲證明此不聊生之言。故寧溘死流亡，不忍生而此心常愁。家則無父之孤子，吟而抆淚，愁祀考之無期。國則負罪之放子，出而不還，愁面君之無日，孰能思而不痛乎？是故彭咸之節，所聞于古者，顧從而復著之也。

登石巒以遠望兮，路眇眇之默默。入景響之無應兮，聞省想而不可得。身雖將死于沅湘，心尚難忘乎鄢郢，復登巒遠望，則其路眇眇而幽，默默而寂。凡物影隨形，響隨聲，莫不有

---

① 此句上眉批爲：或謂孤子爲孤臣，放子爲懷王亦可。

應。今則入于景響無應之鄉，欲一聞吾日夜之所省思想念之事，而絕不可得。聞且不得，他復何望哉！愁鬱鬱之無快兮，居戚戚而不可解。心鞿羈而不開兮，氣繚轉而自締。穆眇眇之無垠兮，莽芒芒之無儀。聲有隱而相感兮，物有純而不可爲。擬學彭咸，常愁不難頓釋，只因遠望，傷懷又倍前時。鬱鬱仍無快也，戚戚仍靡解也。心隨鞿羈而不開，氣因繚轉而自締也。思君之念，戀郢之情，穆然幽深，眇眇無垠可限，莽然浩蕩，芒芒無像可儀。我心至此，宜乎不待呼號，不煩辭説，可以感悟君心。聲固有隱而相感者，焉知不猶感悟乎？其如一于信讒，堅于棄德，純濁而不可使之清，純穢而不可使之潔，純愚而不可使之智，純忍而不可使之仁。物有純而不可爲，則終無可奈何矣。邈漫漫之不可量兮，縹綿綿之不可紆。愁悄悄之常悲兮，翩冥冥之不可娱。凌大波而流風兮，托彭咸之所居。君德日即于慆淫，如邈濤之漫漫，不可量而制坊。國祚特懸于一綫，若飄絲之綿綿，不可紆而縈繫。是以我之愁思，悄悄常悲，縱令遠去他邦，如鳥之翩飛于冥冥，終不可以娱樂我心。惟有凌没大波之内，隨流聽轉于風，托彭咸之所居而已。

上高巖之峭岸兮，處雌蜺之標顛。據青冥而攄虹兮，遂倏忽而捫天。吸湛露之浮涼兮，漱凝霜之雰雰。依風穴以自息兮，忽傾寤以嬋媛。托彭咸所居，則我且上彼高巖，更登峭岸，接雌蜺之標顛而處之。據青冥之表，攄虹以爲蜺匹，蜺虹交焕，遂倏忽而光華可以捫天。雌蜺遇雄虹，隨有捫天之采，賢臣逢聖主，便成蓋世之勛，其象同，其快一也。我于此時，吸湛露，漱凝霜，鬱勃之氣全消，涼爽之情頻飫。吾可依風穴以自休息矣，乃忽又側身而寤，不免牽持眷戀于捫天之景。□[1]我更將焉往，更復何爲哉？蓋此景實不可得，特屬冥途之夢境，故忽寤耳。馮昆侖以澄霧兮，隱岐山以清江。憚涌湍之礚礚兮，聽波聲之洶洶。此神魂側寤之馀，往而欲爲之事。馮如馮軾，昆侖河發源。馮此以澄其昏霧，隱若隱几，岐山江自導，隱此以清其濁流。則又憚彼涌湍，礚礚難犯，聽彼波聲，洶洶可畏。比楚俗之昏濁，急待澄清，而小人之作威，不敢向邇也。紛容容之無經兮，罔芒芒之無紀。軋洋洋之無從兮，馳委移之焉止。漂翻翻其上下兮，翼遥遥其左右。氾潏潏其前後兮，伴張弛之信期。容容，亂貌。罔，與“網”同。車輾曰“軋”，水遇阻防，則其轉如軋。潏潏，水涌貌。張弛，流急如弓張，緩則如弛也。承上江河而言，言若亂絲之紛，容容無經，又如不結之網，芒芒無紀。其軋洋洋盈溢，不見其有所適從，其馳委曲遷移，不知其焉所底止。漂泊之變態，則上下翻翻，翼飛之横勢，則左右遥遥，氾濫之洚觀，則前後潏潏。上下左右前後，時變時遷，忽緩忽急，伴散其張弛之信，而曾無一定之期。皆以比楚國之亂流，極言其不可澄清也，則又將何事哉？觀炎氣之相仍兮，窺煙液之所積。悲霜雪之俱下兮，聽潮水之相擊。借光景以往來兮，施黄棘之枉策。春夏炎氣相因，鬱而爲煙，煙氣上積，流而爲液，煙雲霧露之景，可觀可窺。秋冬雪霜俱下，木落水涸，潮信無差，其聲相擊，寒嚴凄切之情，堪悲堪聽。借此四時光景，往來宇宙之間，用黄落之棘，刺多而不直，爲策以策吾馬，則其行不留，驅亦不疾，便于玩光景，兼可訪遺踪

① 此處漫漶不清。

矣。生前憔悴行吟，死亦不具鞭策，枯槁同于黄棘，受枉曾無直時。寓意極其慘淡。求介子之所存兮，見伯夷之放迹。心調度而弗去兮，刻著志之無適。曰：吾怨往昔之所冀兮，悼來者之愁愁。介子雖没，其神實存，往將求之，路過首陽，見伯夷放废之迹。吾心乎其調度，低徊弗能去，以其恥食周粟之志，當年刻欲著明，苦于率土皆周，無地可適，遂死于此。因向夷而告之曰：吾怨往昔生前，所冀望者，一無所就。又悼于今死後，來日無窮，此怨與之俱永耳。愁愁，長怨貌。

浮江淮而入海兮，從子胥而自適。望大河之洲渚兮，悲申徒之抗迹。驟諫君而不聽兮，任重石之何益。心絓結而不解兮，思蹇産而不釋。申徒狄，紂臣，屢諫不聽，負石沈河。吾策馬西征，求介推于綿上，不若乘舟東濟，覓子胥于海中。擬浮江淮，從之自適。乃還望大河之洲渚，有申徒之抗迹存，不覺心悲。悲其驟諫君而不聽，任重石之何益矣。當年任石，無救殷亡，今日懷沙，曷裨楚敗。能不心猶絓結，思仍蹇産乎？攄虹捫天，殆冥途之梦境，清江澄霧，非事勢所能爲，借景往來，亦浮遊而無着。惟有尋同調之古人，弔孤忠于方外。然而伯夷何怨，吾其能勿怨乎？申徒無益，吾其能有益耶？此恨綿綿無絶期，亦如是以作遊魂而已。

# 屈辭洗髓卷之五

荆溪徐焕龍友雲甫著

## 遠遊

不聊人世，擬作飛仙，即《騷》篇遠逝意。而旨較玄，詞較肆。原豈亦仙侣之謫降乎？何言之入微，同符乎莊老。

悲時俗之迫阨兮，願輕舉而遠遊。質非薄而無因兮，焉托乘而上浮。悲時俗迫于危阨，願輕身飛舉，遊乎無際之鄉。奈以俗骨凡胎，質既菲薄，又無仙師指引，爲之因緣，雖欲上浮，將焉托乘。遭沉濁而汙穢兮，獨鬱結其誰語。夜耿耿而不寐兮，魂營營而至曙。惟無托乘，時俗難離，遂遭其阨。沉我以濁，汙我以穢，獨自鬱結，于誰告語。長夜憂心耿耿，欲寐不能，神魂愁緒營營，直至于曙。

惟天地之無窮兮，哀人生之長勤。往者余不及兮，來者吾不聞。因思天地如此無窮期，人生曷嘗有暇日，長勤到老，亦孔子之哀。往古之人，余不及見，後來之事，吾又不聞。勤則同疲于馬牛，知不遠多于蟪蛄。**步徙倚而遥思兮，怊惝怳而永懷。意荒忽而流蕩兮，心愁凄而增悲。**步時那而徙，時站而倚，徙倚不寧，遥思此生之究竟，怊然惝怳，惟以永懷。一意及于命終之後，此象慌忽其無真，是路茫茫而流蕩，心切愁凄，益增悲慘。前悲迫阨，但不可以生，今意遊魂，更不可以死，悲所以增。**神儵忽而不反兮，形枯槁而獨留。内惟省以端操兮，求正氣之所由。**有如神去于儵忽，不反其所舍，則所留獨枯槁之形耳。然徒悲何益哉？只有内自思惟，憬然提省，以端吾方寸之操存，求吾正氣之所由而已。端操，心無爲以守至正也。人生稟受天地之正氣，有所由來，有所由往。得其所由，則能全此氣，輕舉不難。而志爲氣帥，非端操無以求正氣，非惟省無以端其操。修仙要諦，直同孟子養浩然。

**漠虚静以恬愉兮，澹無爲而自得。聞赤松之清塵兮，願乘風乎遺則。**赤松子，神農時雨師，至昆山上，常止西王母石室，隨風上下。炎帝女追之，亦俱仙去。清塵，猶曰高踪。乘風，猶曰疾追。能得正氣，所由則漠然虚静，其神恬愉，淡然無爲，隨處自得。古有赤松，真其人也，吾聞此清塵，願乘風追其遺則。**貴真人之休德兮，美往世之登仙。與化去而不見兮，名聲著而日延。**赤松虚静無爲，所謂真人之休德，良可貴也。往世學真人而登仙者，亦同此休德，良可美也。其人皆與化俱去，未之或死，而不見踪迹。惟有姓氏流傳，名聲著而日延耳。**奇傳説之托辰星兮，羨韓衆之得一。形穆穆以浸遠兮，離人群而遁逸。**大火謂之大辰。辰星，東方房心尾也。傳説相武丁，朝諸侯而有天下，其神乘東維，騎箕尾，比于列星，是托辰星也，豈弗奇乎？韓衆，齊人，爲王采藥，王不肯服，衆自服之，遂仙去。天得一以清，地得一以寧，人得一以仙，不堪羨乎？此皆往世之登仙者，其形穆穆以漸遠，脱離人群，其遁不勞而逸，正與形槁獨留者霄壤。**因氣變而遂曾舉兮，忽神奔而鬼怪。時仿佛以遥見兮，精皎皎以往來。**所爲形遠遁逸，非如人世死亡，特因天地之氣變，遂能增舉而上升，猶之蟬脱，氣變使然，時節因緣，亦復如是。乃忽焉神之所奔，仍復現其形相，如鬼如怪，不可度思。蓋神仙現相，與鬼怪現形，世人難辨。輒有疑爲鬼怪者，此形此相，時乎仿佛。或偶遇諸他方絶域，或暫睹諸山頂雲端，使世人得以遥見。至其離形冥相之精，則入火不焦，入水不濡，皎皎然以往來寰宇。**超氛埃而淑郵兮，終不反其故都。免衆患而不懼兮，世莫知其所。**①氛，昏濁之氣。郵，傳舍也。故都，謂血肉之軀殻。向爲神舍者，神仙天際空行，氛埃不及，隨方作舍，無非善郵，永脱凡胎，終于不反。既無軀殻之累，自免衆患之侵，何來憂懼之苦。其神往來世間，其所無從而覓，世莫能知，何其樂也。

**恐天時之代序兮，耀靈曄而西征。微霜降而下淪兮，悼芳草之先蘦。聊仿佯而逍遥兮，永歷年而無成。誰可與玩斯遺芳兮，長鄉風而舒情。高陽邈以遠兮，余將焉所程。**曄，日光閃爍貌。蘦，與“零”通。遺芳，謂遺棄之芳。耀靈西征，日易夕也。霜降芳蘦，歲易除也。若再仿佯逍遥，

① 此句上眉批爲：自起至此，極言生之苦，死之悲，想慕仙者之樂，爲一大段，尚未説及己之求仙也。

永世無成可知。尚望有成于楚，誰可與玩斯芳者，徒然長向風而舒情愫，不亦甚無謂乎。帝高陽已邈遠，余將焉所取途以爲程？惟有急求仙而遠遊。

重曰：[①]樂節名，即《虞書》又“歌曰”之意。春秋忽其不淹兮，奚久留此故居？軒轅不可攀援兮，吾將從王喬而娛戲。承上言春秋如此不淹，我奚爲久留楚地。黄帝軒轅氏，丹砂既成，有龍下迎黄帝上，群臣攀龍欲上者皆墜，則知其不可攀援矣。王喬，周靈太子，近世神仙，吾可從之以娛戲。餐六氣而飲沆瀣兮，漱正陽而含朝霞。保神明之清澄兮，精氣入而粗穢除。仙家春食朝霞，日出赤黄氣也。秋食淪陰，日没赤黄氣也。冬飲沆瀣，北方夜半氣也。夏食正陽，南方日中氣也。并天地玄黄之氣爲六，從王喬，則能餐六氣而飲沆瀣。漱正陽，含朝霞，用以保神明之清澄。則精氣入而飽飫，腑臟中粗穢，不驅自除矣。順凱風以從遊兮，至南巢而壹息。見王子而宿之兮，審壹氣之和德。凱風，南風也。南巢，鳳巢也。壹息，先定喘息，方可問仙師也。王子好吹笙作鳳鳴，必與鳳爲侶。鳳栖梧桐，朝陽梧始盛，其巢必南。故順凱風之所自來以從遊，直至南巢，壹其喘息。果見王子，宿于其處，審問壹氣之和德。凡人氣不能純陽而壹，是以其德不和，命不能延而死墮鬼□。知所以壹其氣，則德爲和德而不死以之。必宿之者，不宿問不審也。

曰：道可受兮，而不可傳。其小無内兮，其大無垠。

---

① 此句上眉批爲：自此至終，求仙遇仙，而得其傳。一得其傳，遂極遠遊之勝。遠遊既極，遂證無上玄門。

母滑而魂兮，彼將自然。壹氣孔神兮，此中夜存。虛以待之兮，無爲之先。庶類以成兮，此德之門。① 王子曰：道可心受，不可言傳。小無内而莫破，大無垠而莫載，故難傳也。凡人之魂，常隨思慮出入，思慮煩，則魂滑矣。慎母滑而之魂，彼將無入無出，以漸近自然。苟至自然，則此純壹之氣，亦孔之神。神之存于氣中，氣之存于而中者，此中有如静夜，常清常静而常存矣。神存足以應萬變，然但當一念不生，虛以待之，無爲事物之先。而萬事萬物之類，自然以此至虛至静而成，此則和德之門，舍是無從入德也。

聞至貴而遂徂兮，忽乎吾將行。仍羽人行丹丘兮，留不死之舊鄉。② 得聞王子至貴之道，言下無疑而遂徂，忽乎之間，吾將有行。因彼羽人，行至丹丘，此固不死之舊鄉也，于是乎留。羽人，飛行散仙。丹丘，仙靈之宅，晝夜常明。無始以來，人具不死之性，本吾舊鄉。朝濯髮于湯谷兮，夕晞余目兮九陽。吸飛泉之微液兮，懷琬琰之華英。湯谷，温泉之谷。仙家純陽之氣，聚于首頂。陽神必自上出，故濯髮于此，以挹取其陽温純粹之氣。谷有扶木，九日居下枝，一日居上枝。九陽，下九日也。仙眼欲其晝夜常明，故夕晞。飛泉，空際飛來之泉。吸其微液，更飛泉之精髓。懷，斟酌飽滿于懷也。琬琰美玉，懷其華英，并琬琰亦糟粕矣。此留丹丘而煉形歸氣，煉氣歸神之事。玉色頩以脕顔

---

① 此句上眉批爲：夜存，是氣静之象，非孟子存夜氣之謂。

② 此句上眉批爲：此尚未遠遊也。得聞至道，遂能到仙鄉而修煉。因凡胎未脱，故必仍羽人。雖已到仙鄉，已絶煙火，而髮尚須濯，目尚須晞，液尚須吸，英尚須懷。質銷鑠後，則蟬解無碍矣。

兮，精醇粹而始壯。質銷鑠以汋約兮，神要眇以淫放。濯髮晞目，吸液懷英之後，玉色内斂而頩，其顔光澤而脕。精之所聚，醇厚粹潔，如始壯之年，不可遏抑。從前菲薄之質，正以累于血肉，重濁梗頑而難于輕舉者，至此銷鑠殆盡，極其輕便而汋約。神則要眇自如，可以淫放乎四遠，此屍解形化之時。嘉南州之炎德兮，麗桂樹之冬榮。山蕭條而無獸兮，野家漠其無人。載營魄而登霞兮，掩浮雲而上征。神之所放，暑不能侵，南州炎德人所憚，彌覺其嘉，寒不能及，桂樹冬榮世所稀，更見其麗。仙家寒暑如此，山蕭條無獸，豈患虎狼？野寂漠無人，曷聞雞犬？仙家山野如此，人死則魂魄兩分，一升一降，仙子陰魄亦極晶熒，並載于陽魂之中，以登遐遠之表。魂魄合一，故雖屍解，仍具形相，此相特掩于浮雲而上征，故人莫能見。營，與“熒”通。霞，即“遐”。命天閽其開關兮，排閶闔而望予。召豐隆使先導兮，問大微之所居。集重陽入帝宫兮，造旬始而觀清都。①《騷》篇望予，望下方，此則望更上之天。太微垣，天之最上者。故雖入天門，使豐隆導問。陽氣積而爲天，天有九重，陽所重。旬始，星名，又天于十而成旬，旬之所由始也。清都，上帝之宫之外之都。問得太微居處，遂集重陽之上，入遊帝宫。復造旬始之域，遍觀清都。此遊乎上天而極其勝。

朝發軔于太儀兮，夕始臨乎於微閭。太極生兩儀，天乃太極始生之陽儀，故曰“太儀”。於微閭，即醫無閭。不勝遊覽，使朝發夕始臨。此既遊上天，又降遊于下地。屯余車之萬乘兮，

---

① 此句上眉批爲：此先從上天遊起。

紛溶與而並馳。駕八龍之蜿蜿兮，載雲旗之委蛇。建雄虹之采旄兮，五色雜而炫耀。服偃蹇以低昂兮，驂連蜷以驕驁。紛溶與，車盛如水之溶與也。連蜷，蹄屈伸貌。服馬當衡，故隨車軒輊以低昂，驂馬特靮，能伸屈自如而驕驁。此將遊四方之極遠，先侈言車騎之極盛。騎膠葛以雜亂兮，班漫衍而方行。撰余轡而正策兮，吾將過乎句芒。① 戀群如膠，牽連如葛，以相雜亂者，此班馬也。其多若水之漫衍而方行，方行我殆何先? 撰持余轡，策諸正路，吾將東遊而過乎句芒。歷太皓以右轉兮，前飛廉以啓路。陽杲杲其未光兮，凌天地以徑度。句芒，太皓之臣也。遂從太皓之方閱歷，既歷之餘，右轉吾轡，飛廉在前，爲吾啓路。吾不左轉而之北，乃右轉而之南，且煩及飛廉，固急欲南遊耳。奈南方杲杲之陽，正未光明，吾惡其昏暗，于是凌躐天地之方位，徑度不顧，比南楚君方暗也。風伯爲余先驅兮，氛埃辟而清涼。鳳凰翼其承旗兮，遇蓐收乎西皇。② 徑度有風伯，啓路作先驅，故南國之氛埃盡辟，西道之清涼直接。又有鳳凰，敬翼承旗，吾遂遇蓐收金正之官，于少皞西皇之地，而西遊快然。擥彗星以爲旍兮，舉斗柄以爲麾。叛陸離其上下兮，遊驚霧之流波。麾，手執之旗。叛，與"判"同。驚霧流波，謂楚南諸澤，向爲黑霧驚散之流波，比楚政昏亂，人民驚懼流亡也。西遊已畢，我欲北遊。將擥彗星爲旍以掃除，舉斗柄爲麾而號令。奈北方顓頊高陽，雖爲我祖，去我邈遠。是以彗星斗柄，光雖陸離，尚判

---

① 此句上眉批爲：此遊東方青帝之處。

② 此句上眉批爲：此遊西方白帝之處。

隔乎其上下，不能遽擎而舉之。其姑遊于南，遊此驚霧之流波乎。时曖曃其曭莽兮，召玄武而奔屬。後文昌使掌行兮，選署衆神以並轂。曖曃，日將暮貌。曭，光模糊也。玄武、文昌，皆北方之宿。衆神，即下雨師雷公之類。我東遊右轉，陽正未光，自西回南，時復曖曃，曭然如叢莽之荒蕪。似此下方，武功文德，何可不具備。而前是以召玄武之鱗甲，來奔屬余，後文昌之六星，掌余行籍。選署稱職之衆神，各司其局以並轂。南遊用北宿者，並屬高陽所轄之神，必護念其苗裔，隨應其呼召，且欲奉高陽以正其末流也。路曼曼其修遠兮，徐弭節而高厲。左雨師使徑待兮，右雷公以爲衛。東西迅疾，此獨曼曼路修，心懶前程，遂遥也。弭節徐行，尚從高際危厲前迫阨，今猶恐也。車左雨師，徑路待我，我急于膏澤下民也。車右雷公，爲我親衛，我便于摧擊讒佞也。欲度世以忘歸兮，意恣睢以担撟。内欣欣而自美兮，聊偷娱以淫樂。南方吾故土，久矣宜歸。只因六合世字，曾莫測其尺寸長短，幅員廣狹，欲從而度之，是以忘歸耳。意實恣睢放肆，直以此担撟，舉然自得聞至貴。載魄登遐以來，内欣欣自美，無可嬉遊。聊借度世一事，偷娱淫樂而已。涉青雲以汜濫遊兮，忽臨睨夫舊鄉。僕夫懷余心悲兮，邊馬顧而不行。思故舊以想像兮，長太息而掩涕。汜容與而遐舉兮，聊抑志而自弭。向炎神而直馳兮，吾將往乎南疑。覽方外之荒忽兮，沛罔象而自浮。①涉青雲之表，方恣汜濫之遊。忽見舊鄉，余未及悲，僕夫先已懷念我而心悲。身傍馬邊，顧而不行矣。

① 此句上眉批爲：此遊南方赤帝之處。

余亦思起舊故，爲之想像，不覺太息掩涕。然余已離塵，何復戀彼。用汜然容與，遐舉不顧。聊抑此志，自弭其悲。指炎神之方直馳，往九疑之南觀覽，則方外形容慌忽。惟見沛然之水，罔象自浮而已。人已仙凡判别，故鄉流水依然。

祝融戒而蹕御兮，騰告鸞鳥迎宓妃。張《咸池》奏《承雲》兮，二女御《九韶》歌。使湘靈鼓瑟兮，令海若舞馮夷。[①] 祝融，即炎神。戒塗警蹕，騰車告鸞鳥，使迎宓妃以樂己。咸池，堯樂。承雲，黄帝樂。湘靈，湘水之神。海若，海神。馮夷，河神。“令”與“舞”互文也。玄螭蟲象並出進兮，形蟉虬而逶蛇。雌蜺便娟以增撓兮，鸞鳥軒翥而翔飛。蟲象，水怪。出進，水中遊戲也。增撓，增其彎曲之態。翥，羽高舉貌。樂舞之盛，感召太和，故諸異物，與鳳俱來。音樂博衍無終極兮，焉乃逝以俳佪。音樂不勝聽如此，余又焉所往哉？用以俳佪矣。舒并節以馳騖兮，逴絶垠乎寒門。軼迅風于清源兮，從顓頊乎增冰。[②] 俳佪久而舒情于合并之樂節，不禁夫馳騖之馀思，逴矣天邊之絶垠。尚有寒門在北極，北方盛德在水，故多清源增冰。原本顓頊苗裔，故其行軼迅風而直從之。歷玄冥以邪徑兮，乘間維以反顧。召黔嬴而見之兮，爲余先乎平路。[③] 玄冥，顓頊臣。邪徑，指楚，從南至北而歷玄冥之鄉，是由邪徑以來

---

① 此句上眉批爲：獨南方侈言樂事，魂魄猶樂遊此耳。亦不忍其亂，以樂忘憂。信陵君日飲醇酒，多近女色之意。

② 此句上眉批爲：此遊北方玄帝之處。

③ 此句上眉批爲：到底不忘楚。

者。天有六間，星辰于此維繫，乘間維以反顧，南方何爲路不平若是。因召黔嬴見之，爲余先平此路。黔嬴，造化之神，倩其再造楚邦也。**經營四方兮，周流六漠。上至列缺兮，降望大壑。**經營，即度世之謂。六漠，六合之象漠然。列缺天隙電光現處也。大壑，海東無底谷。遊既遍而結之。**下峥嶸而無地兮，上寥廓而無天。**下惟形勢峥嶸，無所謂地，地無窮也。上惟空虚寥廓，無所謂天，天無盡也。**視倏忽而無見兮，聽惝怳而無聞。超無爲以至清兮，與泰初而爲鄰。**夫何視聽頓空，見聞俱寂，則并峥嶸寥廓而無之。蓋天地無爲，道體無爲。超乎無爲之表，以極其清。斯與泰上最初爲鄰，所爲同體乎太極也。

卜居　卜其所以居身之術，非真自疑，聊寄感慨耳。鄭詹尹或亦猶《騷》篇所謂“靈氛”“巫咸”，而未必當時果有是人。

屈原既放，三年不得復見。不行不死，留待三年，可謂惓惓於楚王矣。竭知盡忠，而蔽鄣于讒。心煩慮亂，不知所從。乃往見太卜鄭詹尹，曰：余有所疑，願因先生決之。詹尹乃端策拂龜，曰：君將何以教之？言以何事問我。屈原曰：吾將悃悃款款，朴以忠乎？將送往勞來，斯無窮乎？一則悃款無已，惟以朴直，自盡乃心。一則此送彼勞，虛文悦人，不厭煩苦。兩者正相反。斯無窮者，往來人曰有，送勞事曰生，如斯以無窮期也。寧誅鋤草茅以力耕乎？將遊大人以成名乎？一則秉耒服畝，終老農夫。一則交與王侯，顯聞當世。兩者正相反，而中有寓言。見惡如農夫之去草，欲誅鋤邪佞。冀楚政尚有秋，遊大人以成名，則遊説他國，名著諸侯間也。寧正言不諱以危身乎？將從俗富貴以偷生乎？一則直言正論，忌諱全不知。觸犯富貴，身必危。一則富貴之侶，我只順從，言無逆耳，不逢彼怒，生可偷。兩者正相反。寧超然高舉以保真乎？將哫訾慄斯，喔咿嚅唲以事婦人乎？一則超然世外，高舉翱翔，自保天真，無復顧戀，此乃丈夫所爲。一則笑語不自爲政，無歡强笑，無語强言，而專務媚人，此則婦人之事。兩者正相反。呢，笑貌。呢訾，猶曰笑訾。慄斯，承順上人顔色也。喔咿，强笑貌。嚅唲，强語態。妾婦以順爲正，故曰“事婦人”。舊說奉事婦人，且暗指鄭袖，非矣。寧廉潔正直以自清乎？將突梯滑稽，如脂如韋，以絜楹乎？一則端方粹白，無邪無曲，獨標清節而不扳援。一則便捷巧利，荏苒性成，柔道上牽而附隆棟。兩者正相反。無階能上援，突梯也。巧言隨口出，滑稽也。脂膩難除，韋固難斷。絜楹，以絲繫楹，比細人之牽緣高位也。以上相反。凡五事，雖錯雜舉之，意實相承。悃款朴忠，必務誅鋤匪類。欲誅鋤匪類，必至正言危身。危殆及身，不如保真高舉。而要于廉正自清，則終身之歸矣。送勞無窮，則可交遊大人。欲交遊大人，惟有順從富貴。順從之道，又須學做婦人，而要于脂韋絜楹，則畢生之的矣。以下三叠則又各譬其情狀，而暢快言之。寧昂昂若千里之駒乎？將汜汜若水中之鳧[①]。與波上下，偷以全吾軀乎？寧與騏驥亢軛乎？將隨駑馬之迹乎？寧與黄鵠比翼乎？將與雞鶩爭食乎？爲悃款等事，則志氣昂昂，不避險路，致遠如千里駒。爲送勞等事，則浮沉汜汜，隨波逐流，偷生如鳧在水。爲悃款等事，則與豪傑爭衡，不讓騏驥之引軛。爲送勞等事，則入庸儕隊伍，但隨駑馬之後塵。爲悃款等事，則爲儀天表，比黄鵠之翼于青雲。爲送勞等事，則樊籠栖身，爭雞鶩之食于隘巷。此孰吉孰凶？何去何從？世溷濁而不清，蟬翼爲重，千鈞爲輕。黄鐘毁棄，

① 根據上下文意，此處疑脱“乎”字。洪興祖《楚辭補注》有“乎”字。

瓦不雷鳴。讒人高張，賢士無名。吁嗟默默兮，誰知吾之廉貞。何去何從，所問已畢。下特自言其不平，以明不得已而來問卜之故。詹尹乃釋策而謝，曰：夫尺有所短，寸有所長。尺寸所以度物，然物長于尺，則尺短而不能知物之長。物短于寸，則寸長而又不能知物之短。言此以興下文。物有所不足，智有所不明。數有所不逮，神有所不通。物，即龜策。智，即物之智。以其靜時言，則方以智也。數，即龜策之數。神，即數之神。以其動時言，則圓而神也。用君之心，行君之意，龜策誠不能知事。用君之心所安，行君之意所欲，龜策誠不能知此事。邪正善惡，惟人自主，無聽命于神之理。且神亦何從而保爲善者之必吉，變節而即免于凶耶。

漁父　亦或無此事，猶東方《客難》之意耳。靖節記桃源，無乃脱胎于此與。

屈原既放，遊于江潭，行吟澤畔，顏色憔悴，形容枯槁。漁父見而問之，曰：子非三閭大夫與？三閭之職，掌王族三姓，曰“昭”“屈”“景”。其仕莫不聞其賢，其放莫不爲之憤，其貌一見而可以知其必是人。一語已括盡。何故至于斯？此真咄咄怪事，野人確有公言。屈原曰：舉世皆濁，我獨清。衆人皆醉，我獨醒。是以見放。貪位慕禄，濁也。潔己愛君，清也。安危利災，醉也。知凶辨吉，醒也。濁流必不停清水，醉漢無不怒人醒。漁父曰：聖人不凝滯于物，而能與世推移。至清極醒，莫如聖人。然必不凝滯于事物之一理，而能隨方逐圓，任世之推，與爲移易以神其變化。世人皆濁，何不淈其泥而揚其波？淈，與“汩”同。言以身汩没泥中，而揚起其溷濁之波見人汙下，故玷其己。分謗分過，是謂淈泥。穢濁之事，非但不可刺譏，即默無一語。猶謂我心藏惡怒，必加贊嘆推許，人始不疑，是謂揚波。末世陪堂，慣用此法，邇來士大夫盡揚波矣。衆人皆醉，何不餔其糟而歠其釃？滿坐醉客，一人不飲，肆酒之禍，必及其身。非貪此糟釃，庶餔之歠之，方不以我爲厭物。絶妙躲閃法。何故深思高舉，自令放爲？深思楚事終始而獨醒，舉動高出楚邦而獨清。非人放之，自令放耳。屈原曰：吾聞之，新沐者必彈冠，新浴者必振衣。安能以身之察察，受物之汶汶者乎？潔其首體，何忍冠衣蒙垢。察察受汶汶，此人情所必不能。寧赴湘流，葬于江魚之腹中。安能以皓皓之白，而蒙世俗之塵埃乎？葬魚腹者，不屑留骸骨冢墓也。皓白蒙塵埃，此我今所必不能。漁父莞爾而笑，不憐之而微笑者，非哂其愚，正心賞其賢。鼓枻而去，乃歌曰：滄浪之水清兮，可以濯吾纓。滄浪之水濁兮，可以濯吾足。用陳語，妙。一則與世濁我清，回顧作態。一則漁父意中，貴清賤濁。一則楚王清濁無分曉。遂去，不復與言。上有“鼓枻而去”，但載歌詞，亦可以止。更贅此句者，漁父遂去不顧，原亦不復與言，蓋兩無言也。

**圖書在版編目(CIP)數據**

屈辭洗髓 /(清)徐焕龍撰；何繼恒點校.—南京：南京大學出版社，2018.12

(東亞楚辭整理與研究叢書 / 周建忠主編)

ISBN 978-7-305-21030-3

Ⅰ.①屈…　Ⅱ.①徐… ②何…　Ⅲ.①楚辭研究 Ⅳ.①I207.223

中國版本圖書館 CIP 數據核字(2018)第 225929 號

出版發行　南京大學出版社
社　　址　南京市漢口路 22 號　　　　郵　編 210093
出 版 人　金鑫榮

叢 書 名　東亞楚辭整理與研究叢書
主　　編　周建忠
**書　　名　屈辭洗髓**
撰　　者　[清] 徐焕龍
點　　校　何繼恒
責任編輯　崔智博　李　亭
責任校對　李晨遠

照　　排　南京紫藤製版印務中心
印　　刷　江蘇蘇中印刷有限公司
開　　本　880×1230　1/32　印張 5.25　字數 150 千
版　　次　2018 年 12 月第 1 版　2018 年 12 月第 1 次印刷
ISBN　978-7-305-21030-3
定　　價　40.00 圓

網址：http://www.njupco.com
官方微博：http://weibo.com/njupco
官方微信號：njupress
銷售諮詢熱綫：(025)83594756

* 版權所有，侵權必究
* 凡購買南大版圖書，如有印裝質量問題，請與所購圖書銷售部門聯繫調换